U0729940

THE ESSENTIAL JACK LONDON
COLLECTION

银白的寂静

杰克·伦敦小说精选集

沈樱◎译

APCTIME
时代出版

时代出版传媒股份有限公司
北京时代华文书局

图书在版编目（CIP）数据

银白的寂静：杰克·伦敦小说精选集／（美）杰克·伦敦著；沈樱译.
—北京：北京时代华文书局，2015.9
ISBN 978-7-5699-0521-2

Ⅰ.①银… Ⅱ.①杰… ②沈… Ⅲ.①短篇小说－小说集－美国－近代
Ⅳ.①I712.44

中国版本图书馆 CIP 数据核字（2015）第 214489 号

新业文学经典丛书
银白的寂静：杰克·伦敦小说精选集
著　　者｜（美）杰克·伦敦
译　　者｜沈　樱
出 版 人｜杨红卫
选题策划｜黎　雨
责任编辑｜胡俊生　杨　洋
装帧设计｜张子墨
责任印制｜刘　银
营销推广｜新业文化

出版发行｜时代出版传媒股份有限公司 http://www.press-mart.com
　　　　　北京时代华文书局 http://www.bjsdsj.com.cn
　　　　　北京市东城区安定门外大街 136 号皇城国际大厦 A 座 8 楼
　　　　　邮　编：100101　　电话：010-64267120　64267397
印　　刷｜河北信德印刷有限公司
开　　本｜880mm×1230mm　1/32
印　　张｜9
字　　数｜166 千字
版　　次｜2015 年 11 月第 1 版　　2024 年 3 月第 2 次印刷
书　　号｜ISBN 978-7-5699-0521-2
定　　价｜46.00 元

序

　　毛姆在《书与你》中曾提到："养成阅读的习惯，使人受益无穷。很少有体育运动项目能适合盛年不再的你，让你不断从中获得满足，而游戏往往又需要我们找寻同伴共同完成，阅读则没有诸如此类的不便。书随时随地可以拿起来读，有要紧事必须立即处理时，又能随时放下，以后再接着读。如今的和乐时代，公共图书馆给予我们的娱乐就是阅读，何况普及本价钱又这么便宜，买一本来读没有什么难的。再者，养成阅读的习惯，就等于为自己筑起一个避难所，生命中任何灾难降临的时候，往书本里一钻，不失为一个好办法。"

　　古人也说"开卷有益"。但面对浩如烟海的图书，如何选取有益的读本来启迪心智，这就需要有一定的鉴别能力。

对此，叔本华在《论读书》里说：

"……对善于读书的人来说，决不滥读是很重要的。即使是时下享有盛名、大受欢迎的书，如一年内就数版的政治宗教小册子、小说、诗歌等，也切勿贸然拿来就读。要知道，为愚民而写作的人反而常会大受欢迎，不如把宝贵的时间用来专心阅读古今中外出类拔萃的名著，这些书才真正使人开卷有益。

"坏书是灵魂的毒药，读得越少越好，而好书则是多多益善。因为一般人通常只读最新的出版物，而不读各个时代最杰出的作品，所以作家也就拘囿在流行思潮的小范围中，时代也就在自己的泥泞中越陷越深了。"

正如叔本华所言，"不读坏书"，因为人生短促，时间和精力都是有限的。

出版好书，让大家有好书读。基于这样一个目的和愿景，便有了这样一套"国内外大家经典作品丛书"，希望这些"古今中外出类拔萃的名著"，能令大家"开卷有益"。

编　者

目　录

银白的寂静

"看来卡门没几天活头了。"梅森说着吐出一块冰碴，用一种哀怜的眼神瞧着这只冻坏了的狗。随后，他又抓起它的爪子，再次塞进自己的嘴里，继续把深嵌在它爪趾间的冰块给咬出来。弄完这些之后，梅森一边把狗推向一边，一边说："名字听起来动听的狗从来都是不太中用的。它们往往跑着跑着就垮掉了，事情还没等到做完就要一命呜呼。而那些名字很土气的狗，像卡斯亚，西瓦施，或者哈斯基，你可见过它们这样不中用吗？没有，老兄，你看舒肯吧，它……"

嗖！还不等梅森说完，那条瘦狗便一个箭步蹿上来，尖牙差点咬到梅森的喉咙。

"想咬我，嗯?"梅森用鞭子的手柄猛击在那条狗的头上，之后，它倒在雪地上，抖成一团，一股黄色的黏液从牙边流出来。

"真是不错，瞧见了? 舒肯就是有这么一股子蛮劲。我打赌，出不去这周卡门就会变成它的口中食。"

"那我也打个赌吧。"基德一边说话，一边翻烤着火堆前的冻面包，以便让它快点化开。"我赌在到达目的地前舒肯就会被我们吃掉。你怎么说，露丝?"

被唤做露丝的印第安女子正往咖啡里放冰块，听到这话她的目光从基德身上转到丈夫梅森身上，随后又转到那群狗身上，并没有说什么。看来答案很明确，根本不需要回答。距离目的地还有两百英里的路程，这一路荒无人烟，干粮也只够再撑上六天，狗呢什么吃的都没有。这情形还需要什么别的答案吗?

两男一女围着火堆坐下，开始吃中餐，他们的食物少得可怜，只能说比没有强一点。现在是午间休息时间，所以狗都带着绳套趴在一边，它们一个个望着主人一口口地吃着东西，口水不停地往外流。

"从今天起，再没有午餐了，"基德说，"以后得盯着这些狗——它们开始敌视我们了，一旦被它们瞅准机会，就会扑倒我们中的一个。"

"我在卫理青年会当过会长，还在一所主日学校教过书。"陷入回忆中的梅森目光注视着自己脚上冒着热气的鹿皮靴，突然冒出这么一句没头没脑的话。直到露丝往他的杯子中倒水时，他才醒过神来，"托上帝的福，茶，我们还有还多！在田纳西的时候，我看见过茶叶是怎么长的。如今这个时候，就算是为一块热玉米饼，我也什么都豁得出去！别急，露丝，也许过不了多久，你就不会饿肚子了，也不用再穿这鹿皮靴了。"

无疑，这番话让这个印第安女人的脸阳光明朗起来，她两眼中充盈着对白人丈夫的深爱——这是她生平见到的第一个白种男人——也是她见过的第一个对女人比对牲口要好的男人。

"这是真的，露丝，"她的白人丈夫用两种语言的土话混杂着说，好在双方都能听懂，"走完这段路，我们就去奥德赛。到了那里我们可以坐白人的独木舟去盐水河。不过那条河可不好玩，浪很大——从来都是白浪滔天。河面又宽又长，一眼望不到头——要走十天，二十天，四十天……"他一边说一边屈指算着，"白天黑夜都在水里走，风高浪急的。之后，你就来到一个大镇子，那里的人多极了，如同夏天的蚊子那么多。那里的房子，噢，那是高高的印第安的棚屋——真高呀，有十棵、二十棵松树那么高。哦，真是棒极了!"

他觉得自己有些说不清楚了，于是停下来，求助般地瞧了一眼基德，随后又卖力地比画起来，一棵接一棵，二十棵松树高的棚屋。基德不言语，只是嘴角挂着一抹嘲讽的笑；而露丝则睁大双眼，诧异的神情中流露着极度的快乐。虽说丈夫的说笑令她半信半疑，但他能这样用心来讨她欢心，已是很难得，所以露丝高兴极了。

"然后你进到一个箱子中，'噗'的一声你就飞上天了。"为了让自己的描述形象具体点，他拿起一个空杯子向空中抛去，又一下接住，他继续喊道，"只要猛击一掌，你就能下来了。啊，万能的巫师! 然后你去育空堡，我则去北极城。二十五天的路程，我们就一直用巫师的绳子来联系彼此——我对着绳子的一头儿说：'嘿，露丝! 你好吗?'你就问：'你是我的好丈夫吗?'于是我回答：'当然是呀。'你接着说：'没有苏打粉了，我烤不出好吃的面包来。'我便告诉你：'到仓库去找找，面粉下面就是。再见，亲爱的.'于是你去找了,找到许多苏打粉。你就一直在育空堡,而我呢,便一直在北极城。瞧,这巫师可真神啦!"

这些轻松的话好像很有魔力,所以露丝就那么天真地笑了,而两个男人也开心地大笑起来。旁边的狗群一阵骚乱,打断了梅森关于奥德赛的奇思妙想,当这群狂吠的斗士被扯开时,露丝也已经把雪橇捆好,一切准备就绪,就要上路了。

"驾!波尔第!嘿,老兄,走啦!"梅森威风地舞动鞭子,狗在雪橇压出的冰辙上低嗥着,等到梅森一声令下,狗群便拉着雪橇疾驰而出。作为第二队的露丝紧随其后,基德帮她起动上路后,他自己殿后。虽说基德身材魁伟,一拳可击倒一头公牛,但对于这些可怜的狗群他却不忍挥鞭子,还从来没有一个坐雪橇的人像他一样心软呢,一看到狗吃苦他就想流泪。

"好啦,上路吧,你们这些可怜的家伙。"他喊着试了几回,满载的雪橇纹丝未动,他知道这些家伙实在也是没力气了,便低声哄着它们。终于,他的耐心没有付诸东流,狗们号叫着,雪橇动了,随后更是疾步奔着追上了前面的伙伴。

没有人再说话了,苦难的旅程承受不了这样的享受。

人生的辛苦，莫过于在北极地带跋涉。在这样荒凉的无人区行进，如果沉默一天就能一路平安，便是最高的快乐了。

在这样的环境中做开路先锋，大抵是最累人的苦差事了。每前进一步，雪鞋都要陷进没膝的深雪中。等拔出脚时，一定要笔直向上，如果稍有偏差都会带来意想不到的麻烦，所以行走时必须将雪鞋拔出雪面，然后向前迈，实实地踩下去，而另一只脚则必须垂直拔出距离雪面半码高的位置。初次在这样的雪地里跋涉的人，即使幸运地不让自己绊倒在地上，也只能坚持走上一百码，再想继续迈出步子，基本上不可能了。如果一个人不靠狗在前面开路，单靠自己这样走上一天，那么到了晚上他便可骄傲地爬进睡袋了，因为那种成就感不经历的人根本无法想象。假若一个人能在朗特瑞尔的漫长旅途中走上二十天，那么就连天上的众神都要对他肃然起敬了。

时光一点一点地流逝着，这白色的寂静最是令旅人敬畏，基德他们把所有的思想都凝聚在自己的苦役中。要知道大自然有太多的手腕使人类感到自我的渺小和生命的可贵——汹涌的海啸、狂猛的风暴、撼人的地震、轰隆的雷电——但一切手腕都抵不过这白色的寂静。一切都停止了，万里无云，天空的颜色如同黄铜；就连最轻的耳语都会令人产生渎神之感。在这样的天地间，人类臣服了，生怕弄出一点响动。一粒细微的生命在穿越阴魂主宰的雪原，因感到自己的冒犯他颤抖着，他感到自己不过是一只卑微的虫子。在这种惊恐中，种种古怪的念头纷纷而至，周围的一切都显得难以测度，这神秘是天地无言的象征。对死亡、上帝、宇宙的恐惧向他袭来——对生命和再生的渴望，对永生的渴求，对生命奥义徒劳的探索——这就是——假如存在——人类与上帝同行。

一天就这么过去了。河流开始拐大弯了，梅森驾着他的那队雪橇引领着后面的队伍抄近路从陆上的弯道插过去。高高的堤岸挡住了他们的去路。尽管露丝和基德在雪橇后面一次次地用尽全力向上推，但最后还是都滑了下来。无奈之下，大家只得聚集力量再来一次。那些可怜的畜生已饿得虚弱不堪，它们使出了最后的力气。向上——向上——终于，雪橇爬上了岸顶，突然领头狗向右一歪，连带它身后的狗都向右甩过去，正好撞在了梅森的雪鞋上。这下糟糕了，梅森一下就被撞倒了；拖索中的一条狗也跟着倒了下去，最后连带着雪橇一起向后翻扣下来，上面装载的所有的东西都被摔到河岸底部。

一通鞭子猛地抽向狗们，那只跌倒的狗挨得尤其多。

"梅森，别打啦！"基德哀求说："这可怜的家伙已经快不行了。等一下把我的狗队套上。"

梅森扬起的鞭子停了下来，好像故意等基德说完最后一个字，随后他甩出一记长鞭，鞭子带着呼号暴风雨般地打在了那只惹怒了他的狗身上。卡门——正是卡门——它在雪地上颤抖着，哀号着，随即向一边翻倒过去。

这种光景，简直糟糕透了，路上出了不小的麻烦——一只垂死的狗，两个怒气冲冲的伙伴。露丝一双忧郁的眼睛看看这个男人又转去看看那个男人，尽管基德眼中充满了对梅森的谴责，但他还是把怒火压下去。他向被打的卡门弯下身去，割断它身上的绳套。这时，谁也说不出一句话了。就这样，两队狗合拉一队雪橇，困难解决了。大家继续行进，几乎要撑不住的卡门，拖着身子跟在最后面。只要一个生命还能继续走下去，就不能打死它。这是卡门的最后一次机会——如果它能爬到宿营地——如果大家能射到一只麋鹿，那么它就能活下来。

梅森仍旧充当开路先锋，冷静下来的他开始为自己之前狂怒的行为后悔，但又碍于面子不好表露出来，只是，他没有想到，一个巨大的危险正在前面等着他，他没有丝毫察觉。

阴冷的背坡下面，是一片密林，他们在其间穿行。距离小路五十英尺或更远一些的地方有一颗巨松耸立着。几百年来，它一直耸立在那里，就像在几百年以前就注定了它将有这么一个下场——又或许这原本就是梅森的命数。

梅森弯下腰去把鹿皮靴带系紧一些。雪橇停了下来，狗们在雪中静卧着，一声不吭。寂静在这一刻变得异常诡异：雪林中一丝风声也没有。寒寂把天地的心和唇都冰封住了。一声叹息，让空气抖动了一下——它们好像并没有听到它，而是感受到了它，一如在真空中对动作的预感一样。

带着沉淀的岁月与冰雪的负荷，那株巨松在生命的悲剧中终于行使完它最后的使命。听到了危险的断裂声的梅森正要打算跳开，但还不等他站直身子，巨松就实实地砸在了他的肩膀上。

基德曾多次目睹这世间难以预料的横祸，让很多人瞬间丧命。当他刚发出命令并打算采取措施时，巨松的枝杈还在晃动着。那个印第安女子和她的许多姐妹不同，面对这种情形，她既没有昏过去也没有大声哭号，在听到基德的命令后，她飞身扑到代用杠杆的枝杈上以此来减轻巨松的压力；与此同时，基德挥舞着手中的斧子频频砍向巨松。斧子砍在冰冻的树干上，发出清脆的金属声，每砍下一斧，都伴随着基德闷喘的哼声。

最后，基德把那可怜的血肉模糊的物体——不久前那曾是个人呀——放在雪地上。伙伴的痛苦令他更痛苦，而露丝脸上没有情绪的痛苦更让他难受，还有那种希望与绝望交织在一起的探寻的目光。没有人说话，时间和空间都凝结住了，在北极地带长大的人，天生就懂得言语的无助和行动的宝贵。

-65℃的极寒地带，一个人躺在雪中是撑不了几分钟的。基德和露丝割断了绳索用兽皮把梅森裹起来，放在树枝架成的床铺上，之后又在他前面生起一堆篝火，木柴便取自那棵导致这场灾难的巨松。他们又在梅森身后斜上方撑起一面大帆布，这样一来，它可以将篝火散发的热量聚集到受伤的梅森的身上——只要有一点物理常识的人都懂得这种土办法。

与死亡打过交道的人，似乎会明白上帝何时会召他回去。梅森的伤势很严重，单单这么一看，便可知道他的伤情。他的右臂、右腿和后背骨头都碎了，下肢也瘫痪了，此外还有可能造成了大面积的内伤。如今，只有间断发出的一丝呻吟，还能证明他活着。

别指望奇迹会发生，一切都是徒劳。在这个心惊胆战的夜晚，时间像被冻结住似的过得特别慢。在绝望中，露丝只能以她印第安人所固有的坚韧，顽强地和命运的打击相抗，而沉默的基德，他青铜般的脸上已经爬上了几道新的皱纹。事实上，这个夜晚梅森倒是没吃太多苦头，他好像重返了田纳西州东部，重温在大烟山度过的童年时光。在呓语中，当他说起儿时在深潭游泳、捉树狸和偷西瓜时的趣事，用的竟是早已遗忘的家乡方言，露丝一句也听不懂，这真是让人伤心。不过基德听得懂，他能够体会到其中的滋味，那是一种只有当一个人体验过文明又与文明隔绝多年之后才会有的感觉。

清晨，梅森清醒了，为了听清他的细语，基德把耳朵贴近他。

"还记得我们在塔纳纳第一次相遇的情形吗？待到下次冰雪融化就整整四年了。那时候我并不是很喜欢她。只是觉得她长得很美，容易让人莫名兴奋。可从那以后，我不知为什么常常想起她。她是我的好妻子，患难时对我总是不离不弃，说起做买卖，没人能比得过她。你还记得那次在鹿角滩，她飞奔过来把我们从岩石上救下来吗？水面上的子弹密集地打来就像冰雹一样。还有那次饥荒，是在纳克鲁克耶杜，还记得吗，那次她抢在冰融前带回消息？是呀，她可真是我的好妻子，比之前那个要好上许多。你还不知道我结过婚吧？我以前从来没有对你讲过，呃，没错，在美国老家时我结过一次婚。就是因为那次婚姻我才到这儿来，我俩是从小一起长大的。我离家出走就是为了给她一个离婚的机会，现在她已经办完了离婚手续。

"不过这不关露丝的事。我原本打算把这儿的事了结后，明年带她去奥德赛——她和我一起去——可现在晚了，基德，我请求你别把她送回部落。独自回去过日子对一个女人来说太残酷了。想想看——她跟在我们身边快四年了，已经习惯了我们的饮食习惯，咸肉、豆子、面粉和干果，怎么能再让她回去吃他们的鹿肉和鱼？在尝试了我们的生活方式，知道了我们的生活方式比他们的好之后，再回到从前，这可不是一件好受的事。基德，好好待她，为什么你不——噢，对了，从前你总是躲着他们——你还从来没有跟我说起过，你为什么到这个地方来。伙计，好好待她吧，尽快把她送到美国去。不过你要帮她安排好，在她想回来的时候能回来——你了解的，她很可能会想念她的家乡。

"那个小东西——会使我们俩更亲密的，基德，我真希望他是个男孩。试想一下，基德，我的亲生骨肉，千万别把他留在这个国度。如果是个女孩呢，不，应该不会的。把我的皮货卖掉吧，它们起码能卖五千块钱，我在公司里的钱也跟这个数差不多。把我的利息和你的放在一起管理。我想我们对那块地的申请迟早会有结果的。但是你要保证这个孩子能受到好的教育；还有，基德，最重要的是，千万不要让他回到这里。这个地方不适合白人。

"我知道我不行了啦，基德，我最多还有三四天的活头。所以你们必须马上赶路。一定要走出去！记着，这是我的妻子，我的儿子——噢，上帝！我真希望他是个男孩！所以，你不要再守着我了。我现在命令你，快上路吧。"

基德恳求："再给我三天时间，你要相信你可能会好转的；也许会发生奇迹。"

"不行。"

"就三天。"

"你立刻上路！"

"两天。"

"这是我的妻儿，基德。我求你别折磨我了。"

"一天。"

"不，不行！我命令——"

"就一天。这点儿吃的我们省着吃还能再维持，再说我或许还能打着一只麋鹿。"

"不行——好吧，就一天，多一分钟也不行。还有，基德，别——别让我一个人在这里等死。只需一枪，可是由谁来扣动扳机呢？基德，你应该明白我的意思。想想吧！想想吧！我的骨肉，我却没有机会活着见到他了！

"让露丝过来。我要跟她告别，还要嘱咐她必须为孩子着想，不要在这儿守着我等死。如果我不这样请求她，她是不会和你上路的。再见吧，老哥，永别了。"

"基德！你听我说——我们去山谷边的小山坡上挖个洞，在那儿我曾一铲子挖出了四十美分的金子。还有，基德!"

基德说着俯下身来，凑在这个临终之人脸前，这样就可以听清他最后的微弱的声音了，现在，梅森已经不再顽固了，他说："你明白，我——对不住卡门。"

基德穿上防雪外套和踏雪鞋，夹上来复枪，便向林中走去，只留下露丝守在她丈夫身边默默哭泣。对基德而言，在北极一带遇到意外伤祸并不是第一次，但从来没有哪一次像今天这样让他为难，总体来说，这就像一道非常简单的数学题——三个有望活着的生命与一个注定要死的人相比。只是，现如今他真的拿不定主意。

　　整整五年了，他俩并肩行走在山间小径上，在金矿营地一起淘金，一次次从雪原、洪流和饥饿中逃生，如今，他们已然是手足兄弟。露丝初次来到他们中间时，露丝和梅森亲密的行为常使他感到不甘，他不否认他曾对露丝有一种模糊的嫉妒。没想到如今，竟由他亲手砍断这联系。

　　尽管他一直祈祷麋鹿能够出现，哪怕就一只，但好像所有的动物都远离了这片雪原。夜色渐渐降临，心力交瘁的基德两手空空，拖着疲惫的脚步返回营地。突然，一阵狗吠和人呼喊的声音响起，使得他的脚步变得飞快。

　　他冲进帐篷，看见露丝正站在狂吠的狗群中，抢着的斧子四处挥舞。此时的狗们对主人立下的铁律已然不管不顾，它们开始哄抢食物。基德倒抢起来复枪，雨点般砸向狗群。他和露丝就那么拿着枪托和斧头上下挥舞着，也不管打中与否。狗们显得十分灵活，它们躲闪着，眼睛里燃烧着疯狂，尖牙上吊着口水。这样紧张的对峙，狗与人都已经陷入疯狂了。之后，溃败的狗们爬到火边，舔着伤口，对着夜幕上的星星哀号，像是在倾诉自己的不幸。

　　鲑鱼干被狗群一抢而光，只剩下大约五磅的面粉，支撑他们接下来穿越二百英里的雪原。露丝回到丈夫身边，基德则把一只尚有余温的死狗剖开，它的头已被斧子劈碎。基德细心地存放好每一块肉，然后把皮和内脏留下来抛给狗吃。这种场景真是残忍，它们刚刚还是同一条战壕的战友呢。

第二天清早，新的情况出现了。狗群开始了内战。群狗贪婪地围着尚有一口气的卡门，全然不顾抽在它们身上的皮鞭。它们虽然也畏缩、哀号，但并不逃开，直到最后它们把卡门的骨头、皮毛哄抢而光，一点痕迹也没留下。

基德走开做事去了。他侧耳听着梅森的动静，此刻，梅森的思绪又重返田纳西州，呓语中全是和过去的朋友们大声笑谈的欢乐。

四周的松树很多，基德干得很快。露丝见他在搭一个类似于棚架的东西，看上去和猎人用来防狼獾和狗贮藏肉食的架子很像。一棵接着一棵的小松树被他砍断，他先是把两棵小松树的树梢相对弯到接近地面的位置，用鹿皮条把树梢捆紧。接着，他的鞭子向狗们猛地抽打过去，打得它们一个个服服帖帖的，并把它们分别套在两个雪橇上，他把剩余的东西分装在两个雪橇上，除了包裹梅森的兽皮，他用兽皮把梅森捆裹得严严实实的，然后把这个皮筒子的两端捆紧在压弯的松树树梢上。接下来，他只需用猎刀砍断鹿皮条，两棵树梢便会弹起来，把这具躯体扯进高高的天空。

露丝满足了丈夫的遗愿，没有一点点的反对。这个可怜的女人，早就学会了顺从。从儿时起，她就明白要服从天地的安排，她看见所有女人都是这样做的。女人似乎生来就该是顺从的，不能反抗。

最后，当她与丈夫吻别时——这当然不属于她部落的风俗——基德允许她宣泄自己的痛苦，之后，他把她带到前面一辆雪橇前帮她穿上雪鞋。就这样，两眼空空的露丝机械地拿起套杆和鞭子，吆喝着狗群上路了。

基德转身回到梅森身旁，如今，他已陷入昏迷。露丝的身影已消失了许久，基德还在火旁蹲着，等待着同伴咽下最后一口气。

在这片雪白的寂静中，独自哀思，痛苦就会显得尤为深刻。幽暗的寂静此刻很仁慈，它像保护伞一般掩护着这些生命，并给予千百种无言的怜悯。只是洁白莹亮的寂静，沉寂而寒冷，在钢铁般冷硬的天空下，尽是无情。

一小时过去了，两小时过去了，梅森仍有气息。到了正午时分，太阳还没有露出脸，它潜行在南边的地平线下，幽幽地抛出一抹橘红，斜跨着天空，不过很快又将它收了回去。基德这才警惕起来，他强迫自己来到伙伴身旁。最后，他深深地看了一眼梅森。银白色的寂静像是在冷笑，突然，一阵猛烈的恐惧向基德迎面扑来。"砰"的一声，枪响了，接着，梅森被弹向他的空中之墓。

基德扬起鞭子挥向狗群，狗群一阵鸣号之后，雪橇在茫茫的雪原上狂奔而去。

北方的奥德赛

雪橇和着挽具的嘎吱嘎吱声，领头狗的脖子上铃铛晃来晃去的丁零当啷声，像是咏唱着一支永恒的哀歌。不过此时的人和狗都已疲惫到极点了，他们已发不出任何声音。

他们来自远方。

路上铺上了一层厚厚的、刚刚落下的雪。雪橇上载着很多撕开的冻得如同燧石一般僵硬的鹿。橇板紧贴着还没有被轧结实的道路，却总是往后退，这条路仿若人一般的倔强。

　　夜幕正在降临，但是这一晚他们没有帐篷可搭。雪从毫无生气的空中缓缓飘洒着，哦，那不是雪花，而是小巧精致的水晶。天气并不寒冷——只有 – 10°——这样的气温大家已经不觉得冷了。迈耶斯和贝斯特把护耳翻了起来，马尔穆特·基德也把手套摘了下来。天气确实算暖和了。

　　这群狗在下午，应该是更早些的时候就已经累坏了，不过现在，它们有了新的活力。那些感觉向来敏锐的狗显然是有点儿坐立不安了——它们似乎已经无法承受拖索的束缚，它们想快点儿跑起来但又显得犹豫不决，它们就那么竖着耳朵，用鼻子吸着气，时刻做着出发的准备。可是慢慢地它们开始对那些感觉太迟钝的伙伴发怒了，然后不断地咬着它们的后腿，用一种狡猾的手段催促着它们前进。那些遭到责怪的狗也感染了这样的情绪，继而又将这样的毛病传给别的狗。最后，最前面那架雪橇的领头狗终于心满意足了，它仰着头高吠了一声，然后匍匐在雪地中，使出浑身力气绷紧了颈圈向前冲去。别的狗也都来了精神，跟着它做出同样的动作。

　　就这样，后面的皮带一缩，拖索一紧，一架架雪橇就向着前方冲去了。这时，人们不得不紧抓着橇把，猛地将双脚抬高许多，只有这样才能避免被橇板压住。一天的劳累瞬间都消失了，人们大声呼叫着，催促狗们快点儿前进。

那群狗像是听懂了他们的语言，也用兴奋的喊叫声回应着他们。狗们精神抖擞着，在渐渐变黑的夜色中，放开脚步，啪嗒啪嗒地快速奔跑在雪地中。

"往右转！往右转！"他们依次喊着，一架架雪橇突然就偏离了原本行驶的主道，掀起一侧的橇板，如同顺风行驶的小帆船一样向前方狂奔而去。

雪橇一下子冲出了一百多码的样子，在一个透着光亮的羊皮纸窗前停了下来。无疑，这座木屋就是他们的家了，房间里有一架育空式火炉烧得正呼啦作响，一把茶壶也正冒着热气。只不过，这座木屋此时已经被旁人占领了。六十只威风凛凛的爱斯基摩狗一起朝着木屋外面咆哮着，这群浑身是毛的狠家伙突然猛地朝拉着第一架雪橇的狗群扑了过去。门被猛烈地撞开了，一个身穿红色束腰制服的西北警察样的人，踏着及膝深的雪，挥起狗鞭的柄把这群疯狂的家伙收拾得服服帖帖。这人倒是很沉着，也很公正。之后，房间里的人和房间外的人握了握手，就这样，马尔穆特·基德在一个外人的迎接下，走进了本属于他的木屋。

原本，出来迎接他们的人应该是斯坦利·普林斯，因为往常总是他负责照看房间里的那只育空式火炉，并准备好滚烫的热茶等待他们回来。而这个时候，普林斯却无视他们，而是忙着招待木屋里的客人。客人有十二人之多，都是为英国女王服务的执法者以及派送邮件的邮差，不过如今他们混在一起，实在是很难区分。

这群人有着不同的血统，不过相同的生活环境却使他们变成了同一类人——一种消瘦、健壮的人。他们身上的肌肉由于长年奔走而显得异常坚韧，被阳光晒成棕褐色的脸看上去很健康。

他们的内心没有忧虑，一双双明亮而又坚定的眼睛直率地凝视着前方。也正是他们，驱赶着英国女王的狗队，使得那些反对她的敌人每天都胆战心惊。他们吃着女王分配给他们的极少的食物，却是异常快乐。他们中每个人都见多识广，做过不少了不起的事情。一直以来，他们都过着一种传奇一般的冒险生活。只是，他们自己却并不清楚这一点。

此刻，他们完全把这儿当成了他们自己的家。有两个人甚至伸开四肢躺在马尔穆特·基德的床上，嘴里还哼着法国歌谣。想当年，他们的法国先祖第一次踏上西北部这片土地与当地的印第安姑娘结婚时，唱的就是这种歌谣。贝特斯的床也没逃过被侵犯的厄运。此外，还有三四个健壮的客人围着地毯，一边搓着他们的脚趾，一边听其中的一个人讲故事。这个人曾经在沃尔斯利的舰队服役，而且随同将军远征过喀士穆。

他讲累了，停了下来，一个牛仔接着讲。讲述他跟随布法罗·比尔游历欧洲各国首都时曾经见过的宫廷、国王和贵妇。房间的一个角落里，是两个混血儿，在一场失败的战争中他们成了朋友，到了如今他们已然是两个老朋友了。他们一边修理着马具，一边谈论着当年在西北部的起义热潮，还有路易斯·瑞尔做首领时的景象。

房间里，此起彼伏的粗鲁的对话和粗野的笑话一个接着一个。陆地、河道上发生的那些令人惊恐的危险，在他们口中如同家常便饭一般，他们之所以还会想起它们，也可能仅仅是因为其中的经历还带有一点点幽默和滑稽的成分。

听着这些无名英雄的故事，普林斯格外着迷，这些人亲眼目睹了一些重大历史事件的发生，但他们却将那些伟大而又神奇的事件当作了日常生活中一桩桩再平常不过的意外。这让普林斯感到了一种震撼。所以，他一点儿也不介意将自己那些珍贵的烟草，分给他的这些客人们。在烟草的作用下，客人们陷入了回忆，已经生锈的记忆的链条开始转动，像是给予普林斯的慷慨回报一般，那些已经被遗忘的，与奥德赛有关的故事在这个夜晚又焕发了新的生机。

　　谈话最终停了下来，当那些旅行者将最后一袋烟装进烟斗，并打开那些被他们捆扎得结结实实的毛皮毯子时，普林斯才退到他的老朋友身边，他希望从老朋友这里得到一些更为详细的补充资料。

　　"哦，你很清楚那个牛仔，"疲惫的马尔穆特·基德一边解开自己的鹿皮靴鞋带，一边说，"可以猜出，那个和他同床的人身上有不列颠的血统。至于其他人，他们都是丛林中长大的孩子，也许只有上帝才会晓得他们身上到底混合着多少血统。不过睡在门边的那两个家伙倒是纯种。还有那个用毛布裹着屁股的小家伙——你只要留心一下他的眉毛和他的下巴形状——你就会知道，在他母亲那顶印第安圆锥形帐篷里有个苏格兰男人曾流过眼泪。至于那个看上去很英俊、把斗篷当作枕头的小伙子，他有一半的法国血统——你刚才已经听到过他说话。其实，他应该很不喜欢睡在他旁边的那两个印第安人。你知道的，当这些'改良品种'在瑞尔的领导下进行起义时，那些纯种人完全是没有反应的，这也是后来他们彼此不再那么相爱的原因。"

　　"不过，我说，挨着火炉的那个家伙看上去阴郁得很，他到底是什么人呢？我敢断定他是不会说英语的。想想看，整个晚上，他都没有开口说过一个字。"普林斯说出了自己的看法。

"你错了。他英语可是相当棒。你有留意他听人们说话时的眼神吗？我有注意。不过，有一点可以肯定，他既不是那些人的同乡也不是他们的同胞。当那些人用家乡的方言谈话时，可以看得出他并不明白那些话的意思。说到这里，我自己也感到很奇怪，他到底是什么人呢。现在，让我们来查找一些线索吧。"

"再往火炉里放几根木柴！"马尔穆特·基德提高音量，眼睛直直地盯着那个正被讨论的人，如此命令。

那人想都没想便立刻执行了命令。

"他好像在什么地方受过训练。"普林斯低声说。

马尔穆特·基德深有同感，便点点头。之后，他脱掉袜子，小心翼翼地绕过那些已经躺下的人，向火炉那边走去。在炉火旁，大约挂着二十双袜子，他把自己的那双已经浸湿的袜子也挂在其中。

"你希望什么时候到达道森？"基德试探着继续问道。

那人先是看了他一眼，而后回答："他们说还有二十五英里。不知道是这样吗？如果是的话大概还要两天的路程吧。"

他说话确实稍稍带些口音，不过他的回答并没有出现丝毫迟疑，也没有费心寻找合适词句的痕迹。

"你以前到过这儿吗？"

"没有。"

"西北地区呢？"

"去过。"

"你出生在那里？"

"不。"

"哦，那你出生在什么鬼地方呢？你看上去和那些人完全不同。"马尔穆特·基德向着那些赶狗人指了指，甚至将睡在普林斯床上的那两个家伙也包含在了其中，"你从哪里来？我以前见过长相和你差不多的人，只是我已经忘记了是在什么地方见过了。"

"我认识你。"那人突然插了一句，就是这么一句答非所问的话立刻将马尔穆特·基德的问题引开了。

"在哪儿？你是什么时候见过我？"

"不是你，是你的伙伴，一位牧师，我是在帕斯提里克见到的他，那是很久以前的事情了。他问我有没有见过你，马尔穆特·基德。他还给了我一些食物。不过我在那里停留的时间并不长。他难道没有向你提到过我吗?"

"啊! 难道那个用水獭皮换了一群狗的家伙就是你?"

那人点点头，用手敲了敲他的烟斗，将里面燃尽的烟灰敲掉。之后他拉开他的皮毯子，那意思是不愿再继续交谈下去了。马尔穆特·基德领会了那人的意思，便吹灭了油灯，和普林斯一起钻进了皮毯子。

"怎么样，他到底是什么人?"

"不清楚——不知道什么原因，他转移了我的话题，就像一只蛤蜊一样封住了一切。不过，他确实是一个能挑起你好奇心的家伙。对他，我早有耳闻。那还是八年前，海岸一带所有的人都对他充满了好奇。你知道，他的确有些神秘。那是一个隆冬季节，他从北方来到了这里，据说那个地方距离这儿有好几千英里远。他是沿着白令海一路走过来的，仿佛身后有魔鬼在追赶他似的。海岸一带的人谁也不知道他究竟来自哪里，不过大家可以肯定的是那是个非常遥远的地方。他到达高乐文海湾的时候整个人已经累垮了，是瑞典牧师给了他一些食物，他才算活了过来，他还向牧师询问了通往南方的路线。当然，所有这些，都是我后来听说的。之后，他就离开了海岸线，一直沿着诺顿湾往前行。那时候，天气异常可怕，暴风雪和飓风一刻都不停歇，但是他却神奇地挺了过来。要知道换了其他人，一千个人也早都死光了。或许是错过了圣·迈克尔的缘故，所以他便在帕斯提里克上了岸。那一路上，他几乎失掉了一切，只剩下两只狗，还差点被饿死。

"他着急继续赶路，罗布神父便给了他一些食物，但神父已经不能再给他提供拉橇狗了，因为等我到了那儿，神父也要上路出发。他心里非常清楚，没有狗他是无法继续前进的，为此他焦急不安了好几天。那时那人的雪橇上，有一捆鞣制得非常出色的水獭皮，那可是海獭啊，你应该了解，它们的价值简直等同于黄金呀！当时，有一个老夏洛克的同行也在帕斯提里克，是个俄国人，他手上恰巧有一些狗要处理掉。这下大家都合适了，没过多久，他们就谈妥了一笔生意。又过了些时间，他便出发了。那时，他已经有了一支跑得飞快的狗队，而夏洛克先生也顺手得到了那些水獭皮。我见过那些皮子，真的是太出色了。后来我们估算了一下，那些狗每只至少给夏洛克先生带来了五百块钱的收益。这并不是说，那人对海獭皮的价值不了解。虽然他是一个印第安人，可是在他不多的谈话中，我可以听出他曾经和白人一起生活过。

　　"海上的冰层解冻后，从奴尼瓦克岛来的人带来消息说，为了得到一些食物他到过那里。只是从那以后，他就再也没有出现过，八年来人们也再没有听到过任何与他相关的消息。现在，他到底从哪儿来呢？在那个地方他又做过些什么？他为什么选择离开那个地方？尽管他只是一个印第安人，可是他却到过很多没有人知道的地方，更重要的是他还受过专业的训练，这对于一个印第安人来说真是一桩不寻常的事情。看来，又有一个来自北方的奥秘需要你来解开了，普林斯。"

　　"真是太感谢你了，只是这样的奥秘我手上实在是太多了。"普林斯说。

　　马尔穆特·基德已经睡熟了，他的呼吸渐渐沉重起来，不过年轻的采矿工程师普林斯却依旧瞪大了他的眼睛，仰望着眼前的一片黑暗，他在等待他心中那阵奇异而又令人兴奋的热潮慢慢平息下去。不知过了多久，他终于闭上了眼睛，但他的脑子却仍在飞速地转动着。他陷入了一个梦境，在梦中他也开始穿行在那些无名的雪野中，随着那些拉橇狗在无边无际的雪路上狂奔、挣扎，看着那些贫苦的人们生活、劳作，最后，像个男子汉一样死去。

　　凌晨时分，离天亮还有几个小时，赶狗人和首领便动身向道森方向出发了。为了女王的利益，那些在女王统治下的政府掌有这些小人物的生杀大权，他们不允许这些邮差有片刻的休息，所以一星期后，这些人便出现在了斯图亚特河边，他们携带着沉重的邮件正要赶往盐湖地区。

当然，他们更换了一批新的拉橇狗。不过，新更换的狗毕竟也是狗。

本来人们还指望着能够停留几天，缓解一下疲乏。此外，克朗代克是北方地区新兴建的城市，对于这座黄金城，他们有着很大的好奇心，他们想看一看它那如同流水一样的金砂，还有这座城市中昼夜狂欢不止的舞厅。但最终，他们这次和从前到达这里一样，只来得及烤干他们的袜子，以及在夜间抽上几袋烟。

所以，有一两个勇敢的人开始盘算着丢下手中的差事逃跑，他们在心里估算着有多大可能才能够穿越人迹罕至的落基山脉到达东部，然后再经由山谷，回到他们喜欢并熟悉的彻帕文地区。另外的两三个人也已经决定，一旦他们的服役期满，他们也要沿着这条路线回到自己的家乡去。对于这个决定，他们一点也不迟疑，甚至马上开始制订起了他们的返乡计划，并期盼着这次冒险行动最后能得以成功。他们那一刻的心情，就像一个在城市长大的人，渴望到森林中度过他们悠闲的假期一般。

那个曾用水獭皮换狗的人看上去相当不安，虽然他对这种讨论毫无兴趣，不过最后，他还是把马尔穆特·基德拉到一旁，低声交谈了一会儿。

普林斯用好奇的眼神瞅着他们，让他越来越觉得神秘的是，那两个交谈的人后来居然戴上帽子和手套走出了房间。当他们再次回到房间后，马尔穆特·基德取了用来称黄金的天平放到桌子上，他称出六十盎司的黄金，放进那个怪人的口袋里。随后，赶狗人的首领也加入进了他们的秘密会议，可以看出，他们已经和那个怪人谈妥了一笔交易。

到了第二天，当那一群赶狗人向上游出发的时候，那个怪人却单独带着几磅食物，返回了道森。

"我也说不出到底是什么原因。"普林斯问马尔穆特·基德的时候，他如是回答，"不过，那个可怜的家伙之所以一心想要摆脱眼前的工作，总会有这样或那样的理由——至少，那对于他来说是很重要的原因，尽管他并没有向我透露其中的内容。你很清楚，他的这种工作和在军队服役并无差别，他已经签了两年的工作合约，他又不能逃跑，否则他以后就不能继续留在这一带。所以他只有花钱才能解除这项合约，赎回他自己，重新得到自由。他说，到达道森后他便下定决心要在这一带生活下去，他是极度渴望留下来的。只是，他在这里没有相识的人，口袋里又没有一分钱，而我是唯一和他说过两句话的人。于是，他就找副州长谈了一个条件，假若他能从我这儿借到钱，他们就可以解除他的服役合约，我想这一点你应该清楚才是。他还说，他在今年之内一定可以把借的钱还给我，假使我愿意，他还能让我发大财。他知道一些财宝，当然，他从来没有见过那些财宝，不过他知道它们藏在什么地方。

"你听我说！唉，他把我拉到外面后，眼泪都要流出来了。他先是乞求我，然后又想尽办法来说服我，甚至跪在雪地中，我没有办法了，只好把他拉了起来。他说的那些话，和一个疯子说胡话无异。他说，他已经拼命苦熬了太久太久，现在再也受不了失望的打击了。我问他这样做的原因，可他死活不说。他只是说，将来他可能会被安排在这条路线的另外一半上去工作，那样一来，有将近两年的时间他都不能去道森了，他说到那时就一切都来不及了。知道吗，我长这么大，还从来没有见过像他这样的男人。当我答应借钱给他的时候，我把他从雪地上再次拉起来。对他说，这笔钱就算是我的投资。普林斯，你觉得他会同意吗？哈哈，你猜不到！他竟然发誓说他要找到所有财宝，并把它们全部送给我，他要让我成为做梦都想不到的有钱人，总之他反复说的都是此类的话。现如今，一个人靠一笔投资拼命工作，但往往得到收益后，连一半的财富也不愿回报给投资人。可他说的这件事真的有些不同寻常，普林斯，你记住这一点。如果他以后还在这一带，那么我们一定会听到他的消息——"

"如果他没有留下来呢？"

"那么，就当我好心买了一个教训吧，我那六十多盎司黄金长了翅膀飞走了。"

随着漫长黑夜的到来，严寒降临了，沿着南方的雪线太阳也玩起了旧日的藏猫猫游戏，而马尔穆特·基德的投资却没了消息。后来，在一月初一个寒冷的早上，一架载满货物的雪橇被拉橇狗拉着狂奔而来，最后在马尔穆特·基德那座位于斯图亚特河下游的木屋前停了下来。那个怪人出现了，随同他一起来的还有另外一个男人，大概连上帝也已经不记得当初是如何创造他的了。

人们每次谈论到好运、勇气和价值五百美元的金砂时，总是忘不了阿克塞尔·冈德逊这个名字。就算是坐在营火旁，讲述那些充满勇气、力量和胆识的故事，大家也不会忘记这个人的存在。当人们的谈兴渐渐淡了下来，但只要提起那个和他的命运紧紧连在一起的女人，那么，那逐渐冷却的兴致便会重新高涨起来。

我们已经提到过，在创造阿克塞尔·冈德逊的时候，大概是因为上帝想起了那些远古时代的美好形象，于是就仿照创世之初的人类模样创造出了他。他身材高大，有七英尺之高，就像一座矗立的高塔，而他那身独特的装束恰巧成了黄金国君王的特殊标志。他的胸膛、脖子、四肢，身体的每个地方都如同一位巨人一般。为了承受重达三百磅的骨骼和肌肉，他的雪鞋也比常人大出许多。他的面部线条过于粗犷，额头上布满了皱纹；他的下巴很厚，一双浅蓝色的眼睛中充溢着一种无所畏惧的神色。他的这副面孔仿佛在告诉人们，这是一个相信力量能掌控一切的家伙。他的头发像是结了一层霜雪，黄得如同成熟的玉米穗，就像灿烂的日光穿过漆黑的长夜，散落在他的熊皮大衣上一般。当他走在拉橇狗面前，顺着狭窄的道路摇晃着巨大的身体走过来的时候，便可隐约看出常年的海上生活深入他身体的痕迹。而当他拿着狗鞭柄敲打马尔穆特·基德的房门时，简直就是一个到南方进行劫掠的海盗。

普林斯站在火炉旁，露出女人一般的胳膊，把揉好的烤面包的发面团放进模具中，同时，他的眼睛时不时地向三位客人瞥去——这样奇怪的三个人光临这座木屋，可真是一生难得一见的新鲜事。那个怪人，也就是马尔穆特·基德口中的尤利西斯，在此之前正是他，一直吸引着普林斯。不过，如今普林斯的注意力却转向了阿克塞尔·冈德逊和他的妻子。

经过了一天的长途旅行，阿克塞尔·冈德逊的妻子已经感到很疲倦，因为自从她的丈夫得到寒冷地带的金矿并以此发财之后，她便一直生活在舒适的木屋中，日子久了，她的身体也变得娇气起来。此刻，疲惫的她依偎在丈夫宽阔的胸前，就像一朵娇嫩的花儿倚靠着墙壁一样，用一种懒洋洋的语气回应着马尔穆特·基德善意的玩笑。偶尔，她也用她幽深的黑眼睛瞥一眼普林斯，接触到这种眼神，普林斯的血液就像倾斜的泉流一般变得湍急起来。毕竟，普林斯是一个男人，是一个身体健壮，却长年累月看不到几个女人的男人。虽然她比他年长许多，又是一个印第安女人，但是却完全不同于他以前遇到过的那些土著妇女。他知道，她到过很多地方——从他们的交谈中他便可以了解，她确实到过很多国家，甚至还包括他的家乡。她不但懂得很多女人都懂得的事情，而且还知道很多女人原本不该知道的事情。她可以用干鱼做出美味的餐饭，还能够在雪地上搭出一张舒服的床。显然，她是有意戏弄他们，不厌其烦地向他们描述宴会上那一道道精美的菜肴，弄得他们为各种美味垂涎欲滴，贫瘠的肠胃内开始展开一场前所未有的斗争。她懂得驼鹿、熊和小蓝狐的生活习性，也懂得那些生长在北方海域的野蛮的两栖类动物的特征。她除了精通有关森林和河流的各种知识，就连人、鸟和野兽在雪地上留下的痕迹也能够一一辨别出来。最后，普林斯还发现，当她看到他们的露营规则时，她的眼睛里闪烁出一种赞赏的光芒。至于那些规则，是向来容易冲动的贝特斯在一时兴起下"发明"出来的产物。

在这个女人来之前，其实普林斯已经将这些所谓的规则翻过去面朝墙壁了，没想到的是，这位土著妻子——算了，现在说这些已经太迟了。

总之一句话，阿克塞尔·冈德逊的妻子就是这样一个女人。她的名字与传说和她丈夫的一起成为整个北方地区的神话。

餐桌旁，马尔穆特·基德以她老朋友的身份，肆无忌惮地取笑着她，而普林斯也摆脱了初见时的羞怯，也开始跟她开起了玩笑。只不过，这个女人的嘴上功夫十分了得，总是能迅速地反击来自两个男人的唇枪舌剑。她的丈夫反应迟钝，虽然不能与妻子并肩作战，但还是在一旁欢呼着为她助阵。很明显，他为有这样一个妻子而感到格外自豪。他的每一个眼神、每一个动作，都说明了她在他的生命中占据着不可替代的位置。至于那个曾经拥有水獭皮的怪人，则一直默默地吃着东西，一句话也不说，好像被排除在了这场愉快的舌战之外，成为被大家忽略的人。很快他吃完东西，于是离开了餐桌，走到屋外的拉橇狗中间。随之，他的伙伴们也套上了手套，穿上了皮大衣，随他一起走到了屋外。

已经很多天没有下雪了，雪橇沿着育空路向前滑去，轻快得就像滑行在冰面上一般。怪人驾着第一架雪橇在最前面带路，普林斯和阿克塞尔·冈德逊的妻子驾着第二架紧随其后，马尔穆特·基德和黄发巨人阿克塞尔·冈德逊则驾着第三架雪橇落在队尾。

"这只是一种预感，基德，"冈德逊说，"不过，我倒是认为这种事情还是有可能的。虽然他从来没有去过那个地方，可是他的话却很让人信服，重要的是他还给我看了一张地图。很多年前，我在库特奈人那儿就听说过这张地图。本来我是非常希望和你一起去的，可是你也知道，那个家伙就是个怪人，他提出的条件也很明确：一旦有其他的人介入这件事，他就放弃这次行动。不过，我向你保证，等我回来以后，你肯定是第一个知道这次行动结果的人，到时我会把我的矿产附近的金矿送给你，另外，筹建城市的地基我也会分给你一半。

"不！不！"他突然大叫道，因为基德正试图打断他的话，"我已经决定了，在我的计划完成之前，我也需要有个人能帮我出出主意。如果一切都很顺利，哦，想象一下吧，那将会是第二个克里普尔河啊，老伙计！你听见了吗——第二个克里普尔河！那可是一座石英矿，你知道吗，不是寻常的矿砂，是石英矿。假如我们干得漂亮，我们完全可以把整个矿产都装进我们的腰包里——你知道的，那可是成百上千万啊。很久以前，我就听说过那个地方，我想你肯定也听说过的。我们要建起一座城市——还要有成千上万的工人——开一条顺畅的水道——开通轮船航线——进行繁忙的运输贸易——让小火轮可以直通上游——当然，我们还要勘测一条铁路线——建一座锯木厂——建发电站——建属于我们自己的银行——贸易公司——财团——天哪！在我回来之前，你千万要对这个计划保密啊！"

在即将要通过斯图亚特河口的时候，雪橇停了下来。在他们的面前，是一片茫茫无边的冰海，一直伸向神秘不可知的东部。他们从各自的雪橇上将雪鞋解下来。阿克塞尔·冈德逊依次和大家握了握手后，率先出发。他那双巨大的带有蹼足的雪鞋，在轻软得如同羽毛一般的雪地里陷下去，雪几乎埋没了他的脚腕。脚下的积雪被他踩压得结结实实，这给拉橇狗带来了极大的便利。他的妻子走在最后一架雪橇的后面，单从她走路的姿态就能看出，在操作这种并不容易掌握的雪鞋技术上，她显然是训练有素。随后，笼罩着雪野的沉寂被豪放的告别声打破了，拉橇狗们

"呜呜"地争鸣着。而那个曾经拥有水獭皮的怪人，则举起他的鞭子教训着一条胆敢像他叫嚣的拉橇狗。

一个小时后，他们乘雪橇再次出发，就像黑色的铅笔一笔画出的一条长长的直线一般，他们笔直又快速地穿过了雪野这张辽阔无垠的雪纸。

时间过去了几个星期，一天晚上，马尔穆特·基德和普林斯正在研究一个棋谱，那是印在一张从一本旧杂志中撕下来的纸上的旧棋谱。这时，基德刚刚从波那泽矿山回来，他打算好好休息一下，猎鹿季节马上就要到了，他需要为这长长的猎鹿季做好准备。

当然，普林斯也是一样，毕竟几乎整个冬天他都是在河道和雪路上度过的，现在，他也非常渴望留在温暖的木屋里，过一个星期的安逸日子。

"黑爵士跳到上面去，这样可以给王施加压力。不行的，那样走没有任何意义。你看，下一步棋——"

"为什么要让卒子前进两步呢？可以用它来换子，这样的话只要在中间吃掉主教就——"

"等等！那样走会留下隐患的，而且——"

"不会，这样非常安全，往前跳！等下你就会看到这一步棋非常有用。"

显然，这是一盘非常有意思的棋局，所以门外的人敲了两次门，马尔穆特·基德才回应了一声"进来"。

门开了，一个家伙摇摇晃晃地走进了小木屋。普林斯抬头看了一眼，便惊跳了起来。看到普林斯那惊恐的眼神，马尔穆特·基德顿觉一惊，他急忙转身看过去。虽然他以前看到过很多可怕的东西，但眼前的景象还是把他给惊着了。那个家伙此时正摇晃着身子，摸索着向他们走过来。普林斯颤抖着慢慢地向后退去，一直退到他的手摸到那枚悬挂着他的手枪的钉子，他才停住脚。

"上帝啊！这到底是什么东西？"他低声对马尔穆特·基德说。

"不知道。看样子这个家伙是冻僵了，而且它应该很久没有吃过东西了。"基德一边说着，一边向那个家伙慢慢移过去。

"小心！有可能这个家伙已经疯了。"当基德关好房门走回来时，心有恐惧地提醒普林斯说。

　　那个家伙没有理会基德和普林斯，而是径直走向小屋里的桌子。这时，明亮的火光照在它的眼睛上。它好像很开心，虽然它的嘴里发出可怕的"咯咯"的声音，但基德知道，这声音是这个家伙开心的表示。然后，突然，他——怎么说呢，原来他们认为的"它"是一个人——向后晃了晃身子，然后猛地拉紧自己的皮裤，他竟然唱起了船夫曲。这船夫曲一般是水手们转动绞盘的铁链时，在"哗哗"的海浪声中唱的——

　　　　美国佬的船哟，顺流而下，
　　　　拉起来啊！我勇猛的青年！拉起来啊！
　　　　你想知道船上的船长是谁吗？
　　　　拉起来啊！我勇猛的青年！拉起来啊！
　　　　他就是南卡罗来纳州的乔纳森·琼斯，
　　　　拉起来啊！我勇猛的——

　　突然，他停了下来，如一只狼一样咆哮着，踉踉跄跄地向放着熏肉的搁板扑去。当基德和普林斯赶过去想要阻止他的时候，他的牙齿已经把一大块生熏肉撕开了。

　　戏剧化的一幕上演了，他和基德开始激烈地争夺着那块生肉。虽说他身上的那股疯狂的力气来得突然，不过消失得也很快，最后，他终于体力不支，虚弱地交出了那块已经被撕开的生肉。基德和普林斯急忙将他扶住，搀着他到一张凳子上坐下来。他就像没有骨头支撑的软体动物一般，四肢伸开，大半个身体就那样趴在了桌子上。

基德和普林斯见他毫无精神，便给他灌了一小杯威士忌，他的精神才算振作起来。所以当基德把一只糖罐放到他面前时，他已经能够自己拿着匙子从罐子里取糖了。稍微吃下一些东西后，他的胃算是得到了一些满足，这时和他一样全身颤抖的普林斯又取来一杯清淡的牛肉汤递给他。

一口牛肉汤下肚，他的眼睛中忽然露出一种阴森和近乎疯狂的光芒，他每喝下一口肉汤，这种光芒就随之一闪，然后又慢慢暗淡下去。火光下，他脸上的皮肤支离破碎，很是狰狞。这是一张怎样的脸啊！异常凹陷、瘦弱，简直很难将之定义为一张人类的面孔。严寒严重损伤了他脸部的皮肤，可以看出，他每次冻伤还没有完全复原，新的冻伤又在旧日的伤痕上层叠。他的脸又干又硬，皮肤几乎变成血黑色，仔细看还能发现几道可怕的锯齿状裂痕，更令人惊惧的是裂痕处还隐隐露出一些擦掉皮的红肉。真是很难想象他到底经受了什么，他身上的皮衣很脏，几乎被扯成了碎片，其中一侧的皮毛已经烤焦了，有的地方甚至已经被完全烧光，从这一点可以知道，他曾经在火上躺过。

基德感到惊诧极了，他指着那人皮衣上那些被太阳晒黑的地方，在那里明显有被割掉的痕迹——这是极度的饥饿留下的印记。

"你——是——谁?"基德慢慢地，一个字一个字地问道。

那个人似乎没有反应。

"你从哪儿来?"

"美国佬的船上，顺流而下。"他颤抖的声音中带着一种惊惧。

"很明显，这个乞丐是顺着大河下来的。"基德一边说着，一边伸手去摇他，希望这样可以让他清醒些，以便让他更清楚地回答问题。

令基德想不到的是，他的手刚刚碰到那人的身体，那人便尖声大叫起来，同时还用一只手轻轻拍着自己的肋部，显然他那个地方非常疼痛。之后，他慢慢地站起来，将半个身体倚靠在桌子上。

"她嘲笑我——就是这样——她的眼睛里带着憎恨。还有，她——怎样也——不肯——来。"

他的声音越来越微弱，当他的身体支撑不住向后倒去的时候，基德一把抓住他的手腕，大声问道："谁？你说谁不肯回来？"

"她，恩卡。她嘲笑我，还打我，就这样，一次次打我。然后——"

"怎么样？"

"然后——"

"然后怎么了？"

"然后她就躺在雪地里，非常安静，她躺了很久。她很——安静地——躺在——那片——雪地里。"

普利斯和基德彼此对视着，很无助。

"谁躺在雪里？"

"她，恩卡。她用一双满是憎恨的眼睛看着我，然后——"

"是的，是的。"

"然后，她举起了刀，就这样。一下，两下——其实她已经没有力气了。一路下来，我走得很慢很慢。在那个地方有很多金子，非常多的金子。"

"恩卡在哪儿？"从基德所领会到的意思中，那个名叫恩卡的女人很可能就躺在一英里之外的某个地方。他粗暴地摇着那个人，反复追问着，"恩卡在哪儿？恩卡到底是什么人？"

"她——躺——在——雪——里。"

"继续说下去！"基德用力握着他的手腕，企图让他快些清醒过来。

"所以，我——也——想——躺——在——雪——里。可——我——有——一——笔——债——要——还。它——很——重。我——有——一——笔——债——要——还，一——笔——债——要——还，我有——"他断断续续得一个字一个字艰难地述说着，之后他停了下来，把手伸进自己的口袋里摸索着，然后摸出了一只鹿皮口袋，"一——笔——债——要——还，五——磅——金——子，回——报，投——资，马——尔——穆——特——基——德——我——"话还没有说完，他的头便伏在了桌子上。他已经筋疲力尽了，无论如何，基德也无法唤醒他了。

"他是尤利西斯，"基德平静地说着，然后他抖了抖那只鹿皮口袋，把它往桌子一扔，"也许，阿克塞尔·冈德逊和那个女人已经凶多吉少了。来吧老兄，我们把他抬到床上去吧，再给他盖上几张毯子。他是一个印第安人，我相信他会活过来的，等他醒来，他会向我们详细讲述这起事件的来龙去脉的。"

他的衣服已经和皮肉混杂在一起，当基德和普林斯将他的衣服用刀割下来时，才发现他的右胸附近竟然有两处刀伤，伤口已经硬化，不过还没有愈合好。

"我会以我自己的方式把这一切告诉你们，不过你们会明白的。首先，我要向你们讲一下我和那个女人的故事，然后，就是那个男人了。"

这个曾经拥有水獭皮的男人说完这句话，向炉火旁挪了挪身子，他像是担心这种温暖会被剥夺去，他太渴望温暖了。马尔穆特·基德点亮了油灯，并将它放到一个合适的位置，这样它的光线就能够照在那个讲述者的脸上。普林斯也从床沿上起身走来，坐到了他们中间。

"我叫纳斯，是一位酋长，同时也是一位酋长的儿子。我出生在日落和日出之间，在漆黑的大海上，我降生在我父亲的皮舟里。在那个晚上，男人们整个夜晚都在不停地划桨，而女人们则忙着把涌进皮舟里的海水弄出去，所有的人抱做一团和暴风雨搏斗着。咸涩的海水溅到我母亲的胸口上，结成了冰，等到海潮终于退下去之后，她的呼吸也停止了。可是，我——我却一直在狂风暴雨中喊叫着，活了下来。

"我们居住在阿卡坦——"

"哪儿?"基德问道。

"阿卡坦，一个属于阿留申群岛的地方。阿卡坦，比契格尼克远，比卡尔达拉克远，也比阿尼麦克还要远。是的，我们居住在阿卡坦，那是地处世界边缘的一个岛屿，在它的四周，全是看不到边际的大海。我的族人便在那咸涩的海水中以捕鱼为生，当然也捕捉海豹和水獭。我们的房屋建在树林和黄色沙滩旁边的岩石上，家家户户连在一起，我们赖以生存的皮舟就停放在沙滩上。我们人数不多，所以我们生活的世界也很小。在我们栖居地的东边，有几座陌生的岛屿——这些岛屿跟阿卡坦很相似，所以我们便认为全天下的地方都是岛屿，我们已经习惯了这种认知。

"从小，我就是一个和其他族人不太一样的人。那时，海滩上停放着一艘船，这艘船只留下了几根弯曲的船骨和几块被海浪冲弯的木板，但是我知道我的族人从来也没有造过这样的船。我还记得，在小岛的一端，生长着一棵松树，只有一棵，这棵树光滑、挺拔、高大。族人中流传这样一个传说，据说曾经有两个男人来到这个地方，在这里转了很多天，每天都待到太阳落下去。这两个男人就是乘着那艘已经成为碎片的船从海外来到这里的。他们是白人，就像你们一样。那时，他们的身体很虚弱，就像两个在海豹逃走后只好空手回家的打猎的孩子。当然，我知道的这些事，都是从族里的那些老人那里听来的，而他们又是从他们的父母那里听来的。我说过，这是我们族人代代相传的一个传说。一开始，这两个白人并不愿意接受我们族人的生活方式，不过，他们吃了我们的鱼和鱼油后，身体开始变得强壮起来，而且极为凶猛。再后来，他们各自建起了自己的房子，并娶了我们这里最好的女人，很快，他们有了孩子。就这样，其中的一个孩子就成了我父亲的父亲的父亲。

"正如我说过的那样，我跟我的族人不太一样，因为我身上流着那个从海外来的白人的血液，我有着天生的强壮。传说，那两个白人还没来到阿卡坦的时候，我们这里有另外一套法规，不过，自从他们生活在这里之后，一切变得不一样了。这两个白人不但凶猛，而且还喜欢吵架，他们总是很容易和族人起冲突，到了最后，因为惧于他们的凶狠，再也没有人敢与他们对抗。于是，他们就封自己做了族人的酋长，并且废除了族人以前的法规，还重新制定了一套他们自己的法规。新法规规定所有的男孩子都是他父亲的儿子，而不再是从前的法规所规定的那样是他母亲的儿子。他们还规定，第一个儿子有权继承其父亲留下的一切，而其他的兄弟或者姐妹则必须靠自己的能力谋生。慢慢地，他们开始教族人用新的方法捕鱼和猎熊，要知道树林里的熊几乎泛滥成灾了。他们还教导族人学会贮存大量的食物，这样饥荒到来的时候才不至于饿死。当然，这些事都是好的。

"他们成了酋长，再也没有人敢惹他们发火了，不过他们好斗成性，到了最后，两个人相互较量起来。其中是我祖先的那个人，甚至还将他戳海豹的鱼叉扎进了另外那个白人身上，鱼叉刺入他的身体足有一臂长。后来，他们的孩子们也继承了他们好斗的脾性打来打去。再后来，他们的孩子的孩子也和他们父亲一样，从此代代如此。

"他们两家之间仇恨越积越深，常常制造出流血事件，甚至到我这一代，照旧没有任何改观。以致每家只有一个人能够活下来，将家族的血脉传下去。所以，在我这支血统中，到了最后只剩下了我一个人，而另外那支血统只剩下了一个女孩子，她就是恩卡。一直以来，她都和她的母亲住在一起。一天晚上，她的父亲和我的父亲出去打鱼，之后两人就再也没有回来。后来的某一天，他们被海浪冲上了海滩，我们才发现两个人已经死去，但是彼此的身体却依旧紧紧缠在一起。

"其实一直以来，族人都感到十分奇怪，为什么我们两家的仇恨结得这么深。后来，那些见证过我们两家人恩怨的老人们总是摇着头说，等恩卡生了孩子，我也有了孩子，我们两家的这场战争还会继续下去。他们对我说这些话的时候，我还是一个小孩子。所以，我相信了他们的话，把恩卡当作了我的敌人，当时的我坚定地相信她将来有了孩子，那么她的孩子也一定会和我的孩子打来打去。从那之后，我每天都想着这件事。慢慢地，我长大了，成为一个壮年，那时我就问那些老人为什么我们两家人的关系会是这样。他们回答说：'我们也不知道到底因为什么，只是从你们的祖辈开始就已经这样了。'我感到不解的是，上一辈人的战争，为什么还要让后一辈人去继续，我开始觉出这样做是不对的。可是，族人们却说一定会是这样的，他们对此有着宿命般的认定，而那时候我还是一个小伙子。

"后来，老人们开始提醒我说让我一定要快点儿结婚，这样我就会比恩卡早些有自己的孩子，这样我的孩子就会比她的孩子先强壮起来。这事说起来其实很容易，毕竟我是这里的头领，我的先辈在这片土地上立下的功绩和他们制定的法规，还有我所拥有的财产，这一切都使得族人们对我很尊敬。所以，族里的姑娘们都很乐意嫁给我，不过那些姑娘们没有一个令我满意的。老人们和那些姑娘的母亲都催促着我，要我快点儿结婚，因为那时候恩卡已经成为很多猎人争抢的对象。他们都争着出很高的聘礼给恩卡的母亲，希望能够成为恩卡的丈夫。如此一来，恩卡的孩子一定会比我的孩子先强壮起来，那么我的孩子最后只有死路一条了。

"我虽然也很着急，但是令我满意的姑娘没有出现，着急也没办法。直到有一天我打鱼回来，那是一个傍晚，太阳正缓缓西沉，我的眼前是一片和暖的夕阳，微风吹拂着，几只皮舟飞快地冲过白花花的海浪。突然，恩卡的皮舟从一旁超过了我的皮舟，她看了我一眼。我的目光也望向她，只见她黝黑的头发迎风飘扬，就像夜晚的乌云一样，浪花打湿了她的脸颊，夕阳下，显得异常美好。我说过，当时我的眼前是一片阳光，而我也只是一个小伙子，可是不知道为什么，那时我的心里竟完全领会了她的意思，我知道那是一种爱慕的流露。

"在她飞快地划着皮舟从我身旁划过的时候，在前面不到两桨的距离，她回头看了我一眼——那是怎样一种眼神呢，是只有像恩卡这样的女人才会有的眼神——然后，我又一次体会到了那种深深的爱慕。后来，在人们的叫喊声中，我们乘风破浪飞快地超过了那些笨重的大皮舟，并把它们远远地甩在了身后。可是，她的皮舟疾驰，尽管我的心就像是涨满风的船帆，却始终没能追上她。那时候，海风越来越大，在海面上掀起一片白茫茫的浪花。我们的皮舟随着浪花上下跳跃着，如同在浪尖上迎风飞奔的海豹，在海浪的怒吼声中，在海面上那条被阳光铺出的金色小路上——飞驶。"

纳斯说着，做出一个蹲伏的动作，半个身体已经脱离了凳子，他是在向基德和普林斯演示一种划桨的姿势，仿佛又重新回到了当时赛舟的那一刻。透过煦暖的炉火，他好像又看到了那只在海浪中摇摆的皮舟，还有恩卡迎风飘扬的黑发。他的耳朵里又回荡着当时的风声，他的鼻孔里也满是带有咸味的清新的海风的气息。

"可是，当她靠岸后，却飞快地跑上了沙滩，大笑着跑进了她母亲的房子里。她没有再回头看我。那天晚上，我有了一个大胆的想法——现在想想，这才是整个阿卡坦人的酋长才能想出来的好办法。于是，待到月亮升起来的时候，我来到恩卡的母亲居住的房前，看着亚士－努士堆放在门前的货物——我心里很清楚这些货物都是亚士－努士给恩卡的聘礼。他是一个强壮的猎户，一心盼望着能成为恩卡的孩子的父亲。

"还有其他几个年轻人，也曾把他们的货物作为聘礼放在恩卡母亲的门前，不过后来他们又把那些东西搬走了。

"我抬起头对着星空大笑起来，随后回到我储存财产的房子里。我往复搬运了好几次，直到堆放的聘礼足足比亚士－努士的礼物高过一手。聘礼什么都有：有晒干、熏过的鱼；有四十张海豹皮和二十张毛皮，且每张皮子都扎着口，里面装满了油；还有十张熊皮，那是熊在春天出没的时候，我在树林里捕到的。另外，还有玻璃珠子、毯子和红布，它们都是我向居住在东边岛屿的人交换来的，而他们则是向居住在更东边一带的人们手中交换来的。我看着亚士－努士的那一堆聘礼，不禁骄傲地笑起来，我是阿卡坦的头领，我的财产自然远远超过所有的年轻族人。我的先辈曾经为整个部族立下很多功绩，为阿卡坦制定了各种法规，他们的名字也永远地被族人们世代流传下来。

"于是，天亮后，我就走上了海滩，是的，我是去观察恩卡母亲的房子，却发现我的聘礼还原封不动地堆在那里。女人们开始笑开来，并窃窃私语着。这个局面显然是出乎我的意料，毕竟还从来没有人出过这么高的聘礼。所以那天晚上，我又在原来聘礼的基础上增添了一些东西，还在一旁放了一只从来没有下过海，而且鞣制得非常好的皮舟。可让我疑惑的是，聘礼依旧原封不动地放在那里，它成了所有人的笑料。恩卡的母亲真是一个足够狡猾的女人，她让我在我的族人面前丢尽了尊严，对此，我当然非常生气。于是，那天晚上我又加了很多东西，使得那堆聘礼变得更壮观，我还把我的大皮舟拖了过去，要知道，它的价值可以抵得上二十只小舟。果然，早晨我再去看，那堆东西已经不见了。

　　"就这样，我开始筹备我的婚礼。部落首领的婚礼自然要隆重很多，婚宴上丰盛的食物和待客的谢礼甚至让那些居住在东边的人也不辞跋涉前来参加我的婚礼。根据族人计算年龄的方法，恩卡比我大四个太阳年。尽管我还只是一个小伙子，但我毕竟也是部落的酋长，所以一切进行得都很顺利。

　　"就是在这个时候，远处的海面上，一艘轮船的船帆渐渐显现出来，在海风的吹拂下，船帆变得越来越清楚。轮船的排水管向外排着清水，船上的人们正手忙脚乱地开动抽水机。船头上站着一个强壮的男人，他一边观察着海水的深度，一边指挥着船员们的行动，声如雷鸣。他的眼睛是淡蓝色的，如同深海之蓝，他的头仿佛带有鬃毛的海狮，发色枯黄，像南方人收割的稻草，又像水手们编绳子的马尼拉麻线。

"那几年，海上经常有一些从远方开来的轮船来去，不过驶向阿卡坦海滩的轮船这还是第一艘。我的婚宴就这样被这艘突然出现的轮船搅乱了，女人和孩子都逃进了各自的房子里，而我们这些男人则拉开弓箭、手拿长矛，等着轮船靠岸。让人不解的是，船靠岸后，那些远途而来的陌生人并没有在意我们，他们只顾忙着做他们自己的事。等到潮水退去，他们将他们那艘双桅纵帆船倒了过来，开始修补船底的一个大窟窿。一切显得很平静，那些女人和孩子又跑了回来，中断的婚宴又继续进行了。

"等到潮水涨上来的时候，那些船上的流浪汉便将他们的纵帆船在深水区抛下锚，之后，他们来到了我们中间。他们显得非常友好，还带来一些礼物。于是，族人也热情地让出位置给他们。像对待所有的宾客一样，我也照样很豪爽地送给他们一些谢礼，毕竟是我大喜的日子，况且我还是阿卡坦的头领。那个长着一头海狮的鬃毛样的男人也来到了婚宴上，他高大壮实，给人一种一脚踏下去地面都要抖三抖的感觉。他双臂交叉，一双眼睛就那么直勾勾地盯着恩卡。直到太阳西沉、星星都出来了，他才回到了他的大船上去。他走后，我牵着恩卡的手，把她带到了我家里。整个居所，都充溢着欢快的笑声，女人们和我们开着各种玩笑，一如她们在这种喜庆的日子中通常习惯的那样。当然，对此，我们并不介意。最后，人们玩闹得差不多了，便各自回家去，房间里，只剩下我和恩卡两个人。

"大家的笑闹声还没有完全消散，那个长着一头海狮的鬃毛样的男人就走进了我的家门。他带来一些黑色的瓶子，我们喝着瓶子中的液体，很是兴奋。你们都知道的，我当时只是一个小伙子，一直居住在世界的边缘，所以我很容易被一些新鲜的事物影响，那些黑色的液体进入我的身体之后，我的血变得热辣辣地像火在烧，我的心轻得仿佛海浪飞上悬崖溅起的泡沫。那时，恩卡就待在房子的一个角落里，静静地坐在一堆皮毛中间，她的眼睛睁得大大的，看上去好像非常害怕。那个头发像海狮鬃毛的人，直勾勾地看了她很长时间。后来，他的水手们也来了，带着一捆捆货物，他把那些货物堆在我的面前。那些货物都是阿卡坦从来没有过的东西，其中有两支长枪和一把短枪，有子弹和炮弹，有明亮的斧头和钢刀，有各种漂亮的工具，还有很多叫不上名字的东西，那都是我从来没有见过的。他用手势向我示意，这些东西都是我的了。我当时便单纯地认为，他这样慷慨大方，一定是一个了不起的人物。但随即，他又朝我示意了一下，意思是说他要带恩卡一起走。

"你们听明白了吗？——他带恩卡上船跟他一起走。我当然是不答应的，先辈勇敢的血液在我身体中猛地沸腾起来，于是我拿起长矛投向他，想要把他刺穿，但是那瓶子里的液体已经夺走了我身上的力气。他抓住我的脖子，就这样，将我的头猛烈地向墙壁上撞去。我被撞得全身发软，一如一个刚生下来的婴孩，我的两条腿就那么倒了下去，再也站不起来。当那个人将恩卡拖向门口时，恩卡发出了尖厉的叫声，她用手胡乱抓着房子里的东西，直到那些东西在我们周围倒了一地。后来，那人用他的两只大胳膊把恩卡抱在胸前。惊恐愤怒的恩卡便开始撕扯他的黄头发，而他却不为所动，他大笑起来，就像雄海豹发情时的模样。

"我用尽力气爬到海滩上，企图召集我的族人来投入这场战斗，不过，那时候族人们已经被吓坏了。唯一一个像个男人站出来的是亚士-努士，他和那些海上的流浪汉打了起来。可是那些家伙拿着船桨打他的头，一直把他打到脸朝下扑倒在了沙滩上，再后来，他就一动不动了。那群家伙像是打了一场胜仗般扬起船帆，唱着他们的船歌，在风的吹送下，离开了阿卡坦。

"后来，族人们都说这样也好，因为从此后，阿卡坦再也不会出现流血事件了。对此，我一个字都没有说，一直等到满月的那一天，我把鱼和鱼油装上我的皮舟，之后起航向东方去。一路上，我看见了很多岛屿，也看见了很多人，直到那个时候我这个生长在世界边缘的人，才明白世界原来是这样辽阔。我打着手势和人们交谈、打探，但是没有一个人见过一艘双桅纵帆船，也没有见过那个长着一头海狮鬃毛的人，他们能给我的唯一答案，就是指向东方。为了寻找那些人，我在很多恶劣的条件下休眠过，吃过各种奇怪的食物，也遇见过各种肤色和神态的脸孔。我被很多人嘲笑过，因为他们把我看成了一个精神不正常的人，不过也有一些老人让我的脸转向阳光，然后为我祝福。一些年轻的女人还会询问我与那艘陌生的轮船、恩卡以及那些航海人相关的事情，当他们听完那些故事后，她们的眼睛就会潮湿起来。

"就这样我一路漂游着，穿过风大浪急的海面，穿过疯狂的暴风雨，最终来到了阿纳拉斯卡。虽然那里停泊着两艘双桅纵帆船，但都不是我要找的那艘船。于是，我继续一路向东航行，世界也随着我打开的眼界变得更大了。可无论是在犹那莫克岛，还是科迪卡岛，或者是在阿托格纳克岛，我都没有得到一丝与那艘轮船有关的消息。有一天，我又到达了一个岛屿，岛上有很多的岩石，那里的人们在山上挖了很多巨大的山洞。那里也有一艘双桅纵帆船，只是不是我要找的那艘。那时，岛上的人们正把他们挖出来的石头装满船舱。我当时觉得他们这样做简直太可笑了，因为整个世界都是用岩石造成的。不过这些话我并没有说，他们给我食物，让我为他们干活儿。当那艘纵帆船吃水很深后，船长给了我一些钱，告诉我可以离开了。我问他这艘船要去什么地方，他向南方指去。我用手势比画着，告诉他我要跟他一起到南方去的打算。刚开始的时候他还嘲笑我，后来由于船上缺少人手，他就答应了，让我在船上帮他干活。于是，我开始照着他们的样子学说话、拉绳索、在暴风雨突来的时候收起绷紧的船帆，以及轮流去掌舵。当然，对于这些活计我并不陌生，毕竟我的先辈身上就有着航海人的血统。

"我一直坚信着，一旦我到了这些人中间，找到那个长着一头海狮鬃毛样的人将会是一件很容易的事。一天，当我看到地平线上隐隐出现陆地的时候，我们的轮船便已穿过海峡，驶向了一个港口。我以为，这里的双桅纵帆船最多不过我一只手的手指那么多，可我没想到的是几英里长的码头停靠的全都是这种船，它们塞满了港口，多得就像小鱼一样。于是我来到这些轮船之间，向每一艘船的船员打听那个一头海狮鬃毛样头发的男人，让我惊诧的是他们竟然都大笑起来，然后用各种我听不懂的语言来回答我。我那时才发现，原来这些人来自世界的不同地方。

"再后来，我走进城市，观察着我遇见的每一个人的脸。可是那里的人多得如同不断涌上海岸的鳕鱼一样，让我目不暇接。各种喧闹声不断地撞击着我的耳膜，直到最后我什么都听不见了，眼前眼花缭乱的场面已经把我弄得头昏脑涨。就这样，我不停地向前走去，穿过在和煦的阳光下回荡着歌声的地方，穿过堆满庄稼的富饶的平原，穿过很多大城市，以及那些地方的人们。那里的男人大多都身宽体胖，过着女人一样的日子，他们满嘴谎话，对金子的贪欲让他们成为心黑手毒的人。我看着他们，开始想念我的族人。在这些人贪婪无度的时候，我的那些阿卡坦族人却在打猎、捕鱼，生活得快快乐乐。在我的族人们的头脑里，世界不过是一块很小的地方。

"除了族人，恩卡捕鱼回家时看我的那种眼神，也一直伴随着我，我深信在某个时刻到来的时候，我一定能找到她。从前，她喜欢在傍晚的暮色里去安静的小路上散步，或者引我穿过被晨露打湿的田野去追赶她，她的眼神里是那种天荒地老的誓约，而那种眼神只有像恩卡那样的女人才会有。

"就这样，我寻找着恩卡，一路经过上千个城市。有些人对我温和有礼，还送给我食物；有些人嘲笑我，觉得我不正常；当然还有一些人诅咒我。我努力不让自己有任何抱怨，就那么慢慢地走在陌生的路上，看着陌生的一切从眼前一一走过。我，作为一位部落的酋长，而且还是一位酋长的儿子，如此卑微地去给他人做苦工——那些人言语粗鲁，铁石心肠，他们从同伴的汗水和痛苦中掠夺金子。我把自己弄得这般低贱，却还是没有那个人的任何消息，直到我像一头离家的海豹又回到了海上时，我才算得到了一些信息。不过，这是在另一个港口，在一个位于北方的国家得到的。在那里，我了解了一些有关那个黄头发的海上流浪汉的消息，只是这些消息并不确切。我只知道他是个猎海豹的好手，在无边的大洋上到处游荡。

"于是，我随着一些懒惰的西瓦什人，登上了一艘捕捉海豹的双桅纵帆船，沿着一条那个家伙没有留下任何痕迹的路线，一路追踪到了北方——听人说那里正是捕捉海豹的好季节。

"我们在海上航行了几个月，早已疲惫不堪。大家谈论了很多船队的消息，我听到大量有关我要寻找的那个人的疯狂举动，遗憾的是，我们一次也没有遇见他。我们的船继续向北行驶，甚至到了普里比洛斯群岛。在那边的海滩上，我们猎杀了成群的海豹，然后再将这些身体还有余温的海豹尸体搬上船，直到船上的排水管流出的都是海豹的油和血，再也没人能在甲板上站得住脚为止。后来，我们被一艘开得很慢的汽船追赶，他们还动用了大炮向我们开火。于是，我们只得扬起了船帆，滔天的海浪冲上我们的甲板，甲板上的血迹被冲刷得干干净净。最后，我们消失在浓雾中。

"听人说，就在我们吓得心惊胆战落荒而逃的时候，那个黄头发的海上流浪汉正好把他的船驶入了普里比洛斯，并径直开进了那里的工厂。之后，他命令手下的一部分水手把公司里的员工控制住，又命令另外一些水手从装满盐的仓库里搬走了一万张还没有鞣制的皮子。虽然这些消息都是别人讲的，我并没有亲眼所见，但我相信这些消息都是真的。沿岸航行的期间，我虽未见过他，但北方一带海域却传遍了他那些惊人的举动，以至于三个在那里有领地的国家，都在派人缉拿他。

"当然，我也听到了恩卡的消息，因为她在一些船长口中被广为称许。一直以来，她都和那个家伙在一起。她已经适应了他那种人的生活方式，他们说，她活得很开心。可是，我比他们更清楚——我清楚，她的心仍然怀念着她自己的族人，那些世世代代生活在阿卡坦的黄沙滩上简单淳朴的人。

"很久之后，我又返回了靠近海峡的那个港口，就是在那里，我听说那个家伙已经横渡大洋，跑到俄国海域以南那些气候温暖的陆地东部捕捉海豹去了。而这时，我已经做了水手，我便随同他的同胞一起登上猎豹船，沿着他的踪迹去往捕捉海豹的地带。那一年的整个春季，我们的轮船都航行在海豹群的旁边，并想办法将它们赶向北方。后来，当那些怀着小海豹的母海豹拖着笨重的身体穿过俄国海岸线时，船上的人开始抱怨了，他们感到了深深的恐惧，因为那里雾气很重，每天都有载着人的小船失踪。于是，人们再也不肯干活儿了，船长迫于无奈只得掉转船头顺原路返航。但我知道，那个黄头发的海上流浪汉是不会害怕的，他会一直追赶海豹群，甚至追到很少有人敢去的俄国的岛屿。就这样，在一个漆黑的夜晚，我趁着看守的人在甲板上打瞌睡的机会，解开了船上的一只小艇，一个人向那片温暖、狭长的陆地划去。我一路向南，希望能和航行在江户湾的人会合，要知道他们可是一群野人，什么都不怕。我先是到了吉原，那里的姑娘虽然身材娇小，但皮肤却很光洁，看上去非常迷人。只是，我不能在那里停留，因为我知道此时恩卡正航行在海豹聚集的北方海域。

"汇聚在江户湾的人，来自天涯海角，他们既不相信上帝，也没有自己的家，他们的航船上都悬挂着日本国旗。跟随着他们，我到达了富裕的考珀岛海岸。从到达到离开，在寂静的大海上，我们没有看到过一个人。有一天，突然狂风大作，吹开了海上的浓雾，远远的，我看到一艘双桅纵帆船向我们急驶来，还有一艘冒着浓烟的俄国军舰尾随其后，徐徐逼近。见此情景，我们赶紧调整航向，乘风飞快逃命，可是那艘纵帆船还是像我们慢慢地靠了过来，因为它每向前航行三英尺，我们只能前进两英尺。我清楚地看到，在那艘纵帆船的船尾站着一个人，没错，就是那个长着一头海狮鬃毛的家伙。只见他按着船帆的横木，正得意地大笑着。恩卡也在那艘船上——我一眼就认出了她——可是，在隆隆炮火响起来的时候，他把她送下了船舱。

"我方才说过，纵帆船每向前航行三英尺，我们只能航行两英尺，直到它每次跳上浪尖时，我都能看见它那高高耸起来的绿色船舵——在身后飞来的炮弹中，那一刻，我不禁流下了眼泪。我一边掌着舵，一边咒骂着，因为大家都很清楚，他这是存心要跑到我们前面去，因为只有把我们推向后面的军船他才有逃走的机会。如他所想，俄国人击倒了我们的桅杆，我们就像受伤的海鸥般迎风飞旋，而他呢，则继续向前逃去，一直驶向了天尽头——他和恩卡。

"我们有什么办法？被抓住之后，我们几乎被剥了一层皮。他们把我们押送到一个俄国港口，后来又送到一个与世隔绝的地区，我们被囚禁在一个盐矿里挖盐。有的人撑不住，死在了那里，还有——还有一些人活了下来。"

说到这里，纳斯把披在他肩上的毯子拉开，他身上凹凸不平扭曲的肌肉袒露在普林斯和基德眼前，那上面是一道道明显的鞭痕。普林斯不忍再看，急忙为他盖好毯子，那些伤痕太令人难过了。

"那简直就是非人的生活，有些人忍受不了，便想向南逃跑，可是他们总是被抓回来。于是，我们这些来自江户湾的人商量后，决定在晚上采取行动，从那些保卫手里夺了枪后，我们就一路向北逃去。那个地方真是太大了，除了到处布满了沼泽和水塘的平原，还有辽阔的森林。天气一天比一天冷下来，地上有很深的积雪，没有人知道怎么走出去。一连好几个月，我们在无边无际的森林里疲惫不堪地穿行——我也不清楚我们到底走了多久，哦，主要是那个地方几乎没有什么可以果腹的东西，有很多次，我们已经打算躺下来等死了。最后，我们终于熬出了头，来到了海边，不过那时我们一行人只剩下三个人看到了大海，其中一个是来自江户的船长，他的头脑里对这片辽阔的大陆地形很是了解，而且他还很清楚从什么地方可以穿过冰面到达另一个大陆。

"他一直带着我们向前走——我不记得我们究竟走了多久，那一段路程实在是太长了——直到三个人最后变成了两个人。当我们到达那个能穿越到另一个大陆的地方时，竟然遇见了五个居住在当地的陌生人。他们随身带着一些狗和兽皮，而我们却穷得一无所有。于是，我们在雪地里展开了一场决斗，最后的结果是，那五个人死了，那个来自江户的船长也死掉了，很神奇，那些狗和兽皮最后竟都成了我的。然后，我从那个地方的冰面上穿过去，后来冰碎了，我掉进了海里。那一次，我在大海里漂了很长时间，直到一阵从西方吹来的大风把我送上海岸。如此，我便来到了高洛文湾，也就是帕斯提里克。在那里，我遇到了那位神父。再往后，我便向南走，向南，一直向南，走到我第一次到过的那个有温暖阳光的地方。

"只是，那时候海洋里已经没有什么东西了，出去捕捉海豹的人收益很小，却还需冒着极大的风险。这种情况下，船队们就都散了，而那些船长和水手没有一个人知道我要找的那个人的消息。而我，也厌倦了那片永远都不会安宁的海，来到了陆地上。是的，我喜欢陆地上的生活，那里有树、房子和群山，它们永远待在一个地方，从来不会移动。我走了很远，去了很多地方，自然也学会了很多东西，而且受一些书本的影响我还学会了读书和写字。这种改变很好，我觉得自己应该学会这些东西，因为我知道恩卡一定也学会了这些东西。等到有一天，那个我盼望的时刻到来的时候——我们——你们应当了解的，当那个时刻到来的时候。

"之后，我到处漂流，就像那些小小的渔船一般，只能顺风航行，却不能控制方向。不过，我的眼睛和耳朵是极其灵敏的，它们一直保持着警惕。我常常走进那些游历过很多地方的人中间，我很清楚，只要他们见过我要找的那两个人，他们就一定会记住他们。最后我遇到一个人，他刚刚走出群山，带着几块含有一些豌豆大小的金粒的矿石。我向他打探，他说知道我要找的那两个人，也遇见过他们，而且对他们还有很深的了解。他告诉我，他们很有钱，就住在那个能从地里挖出金子的地方。

"那是一个十分荒凉的地方，而且路途遥远。不过，最后我还是走到了那个躲在大山中间的地方。在那里，人们不分昼夜地干活儿，常年不见阳光。令人沮丧的是，我所期待的那个时刻还是没有到来。我从人们的闲谈中得知，他已经走了——他们已经走了——去了英国。人们说，他们离开是要从外面带一些有钱人来一起开公司。我去了他们居住过的房子，就像是一座古老的王宫。晚上，我从窗户中溜进那座房子，我想了解一下恩卡是怎么生活的。我走过一个个房间，感受着他们那种只有国王和王后才有的生活，是的，一切看上去都太好了。后来，他们都说，他把她当作王后一样珍视着。很多人对那个女人感到好奇，好奇她到底属于哪个种族，因为她身上带有另外一种血统的特征，她和阿卡坦的女人们不同，对于她的来历，大家都不清楚。是的，她是一位王后，可我也是一位酋长啊，而且还是一位酋长的儿子。为了她，我拿出了数不清的兽皮、小船和玻璃珠子。

"唉，何必说这么多呢？我是一名水手，自然很清楚轮船在大海中航行的路线。于是，我追随他们到了英国，之后又到过其他几个国家。有时候，从我经过的那些国度，我听到过他们的一些传闻；有时候，是从报纸上看到和他们相关的消息，但我还是没有遇见过他们，一次也没有。他们拥有太多太多的金钱，走得自然很快，而我呢，当时却只是一个穷人。后来，他们遇到了大麻烦，有一天，他们的财产突然就像一阵风似的消失不见了。那个时候，报纸上登的全是这个消息，不过登过之后就再也不提了。我知道，他们肯定又回到了那个地方，那个能从地里挖出大量金子的地方。

"一无所有的他们似乎被整个世界抛弃了，他们成了穷人，于是我又追随着他们走过一个又一个营地，就连北方的库特奈地区我都去过。在那儿，我得到了一些意义不大的消息：他们到过那个地方，没几天就又走了。有人说他们是顺着这条路走了，有人说顺着那条路走了，还有一些人说他们去了育空河一带。我不能确定哪条路是对的，于是就走走这条路，然后再走走那条路，不停地从一个地方走到另一个地方，一直走到我对这个广阔无边的世界逐渐感到厌烦起来。在库特奈时，我曾和一个西北人一起走过一条很糟糕的路，那条路太长太长了。饥饿折磨着我们，那个西北人似乎已经觉察到死神的降临。从前，他曾沿着一条没有人知道的路，翻过群山，走到了育空河一带。所以，当他知道自己的生命已进入倒计时时，便给了我一张地图，而且他还把那个秘密之地告诉了我，那时，他向着上帝发誓，说那里有大量的金子。

"就是从那时起，人们开始成群结队涌向北方。我呢，只是一个穷人，我卖了自己最后的一点家当成了一个赶狗人。剩下的事情你们都知道了。我在道森遇见了他和她。只是她没有认出我，毕竟那时我年纪尚轻，而她现在生活得又那么尊贵，所以她压根就不可能想起一个曾为她付出过无数代价的人。

"我这么说对吧？是你帮我摆脱了服役期限的限制。我回到了道森，我要用自己的方法来解决过去的一切，因为我已经等了太久了。如今他已经在我的手里，我有充裕的时间。我说过，我一心想要用我自己的方式来解决我们之间的一切，因为当我回头去看这些年的经历时，我想起我所看到的和遭受过的一切，记起在俄罗斯海边望不到头的大森林中所承受的寒冷和饥饿。和你们了解的一样，我带他去了东部——他和恩卡——在东部那个地方,去的人很多,回来的人却很少。我带着他们走向那个满是白骨的地方,那是一个被诅咒的地方,人们躺在黄金堆上却永远带不走那些金子。

"那条路太漫长了,一路上根本就没有人走过的痕迹。我们的狗很多,吃得也很多。我们的雪橇有限,不可能将春天到来之前所需要的东西都带上,我们必须在河水解冻之前赶回来,所以,我们在沿途的各个地方藏下了许多食物,这样一来,不但可以减轻雪橇的负重,而且回来时也能保证有食物可吃。

"我们先到达了麦克凯斯申,那里住着三个人,在他们附近,我们建了一个粮窖,到了梅奥时我们又建了一个粮窖,在那里的打猎营地上住着十二个佩里人,他们是翻过南方的分水岭到达那个地方的。此后,我们继续向东行进,一路上再也没有看见过一个人,我们能看到的,除了沉睡的河流、静静的森林之外,就是北方寂静无边的雪野。就像我之前说过的那样,那条路很长,没有人走过的痕迹。有时候,辛苦跋涉一整天,我们也不过走上八英里,或者是十英里。到了晚上,我们都睡得像死人一样沉。而他们就算是做梦也没有一次梦到过跟他们日夜在一起的人就是纳斯,是阿卡坦的头领,他要报仇。

"那时候，我们建的粮窖很小，到了夜间，我会毫不费力地再顺着我们走过的路线回到那里，将粮窖做些改变，让那些粮食看上去像是被狼獾偷走了。路上我们会经过一些容易失足落水的河段，那里的水势非常凶猛，河面上只有一层薄薄的浮冰，所以下面的冰层就很容易被河水冲走。就是在这样的一个地方，我赶的雪橇和狗一起掉进了冰窟窿里。当然，对于他和恩卡来说，这是一次非常倒霉的意外，那架遭受意外的雪橇上拖着的粮食最多，狗也最强壮。可是，他并没有恼怒，还大笑起来。之前由于他的生命力非常旺盛，所需的食物也就很多，所以他只能给剩下的那些狗喂一丁点儿粮食，直到我们切断那些狗的挽具，把它们一个个地拖出来，分给那些没有落水的同伴。他说，这样我们回家的时候就会轻松些，我们可以一路步行，从这个粮窖吃到另一个粮窖，而这些狗和雪橇也就不需要了。事实确实如此，因为当时我们的粮食非常紧张。直到一个晚上，我们终于到达那个堆满黄金和白骨、被人诅咒的地方，而我们的最后一条狗也死在了它的挽具里。

"那个地方——地图上画得很正确——它位于群山的中心，我们必须在一座分水岭的峭壁上凿出一些冰梯，借助那些冰梯我们才能到达那里。我们希望分水岭后面是一片山谷，可到了之后才发现不是山谷，而是一片伸向远方的雪野，平坦得好像一片巨大的收割后的平原，一座座山峰环绕在我们四周，它们像一把把雪剑直插云霄。在那片奇异的平原上，大地和积雪一起向下沉去，似乎要一直沉进大地的心脏。假使我们没有做过水手，那么看到眼前的这一切，我们一定会头晕目眩。而事实上，我们站在那个令人目眩的山崖上，脑子里唯一想到的问题是如何找出一条下山的路。在山峰的一侧，而且只有这一侧的峭壁是逐渐向下倾斜的，但是陡得厉害，就像是被狂风掀起的甲板一样。我不明白这个斜坡怎么会是这样，可它就是这样。

"'这是地狱的入口，'他说，'让我们走下去吧。'如此，我们便走了下去。

"在斜坡底部我们发现了一座小木屋，想必是从前来这里的人建造的。木屋又旧又破，里面散落着森森的白骨，看来是在不同时间到达这里的人，最后都孤独地死在了这座木屋里。几块桦树皮证实了我的猜想，上面记录了他们最后的留言和诅咒。一个人死于败血病；另一个人是被同伴抢走了他最后的粮食和弹药给饿死的；第三个人是被一头灰熊拍伤后死掉的；第四个人到处寻找猎物，最终体力不支还是饿死了——大概都是这样。他们舍不得那些金子，最后只能以这样或那样的方式，死在了金子旁边。他们找到的那些金子，堆在小木屋的地板上黄灿灿的一片，就像是人们在梦境中所期望的画面一般，只是他们没想到到头来却变成一堆毫无价值的金块。

"但是，那个被我不惜跋涉万里引到这里来的男人，他的心倒是很平静，头脑也很清醒。

"'我们已经没有食物了，'他说，'我们只能看看这些金子，看清楚它们从哪儿来，到底有多少，然后我们必须赶快离开这个地方，不然，它们就会迷惑我们的眼睛，让我们失去理智。我们只要记住这条路线就好了，将来我们还是要回来的，带上足够的食物，到那时候所有的东西就都是我们的了。'

"接下来，我们察看了那个大矿脉，它就像一条血脉一样贯穿了整个矿壁。然后，我们对这座金矿进行了测量，从上到下画出它的走向，然后钉下一些树桩，并在树上刻了一些字作为标记。弄完这一切的时候，饥饿已经使我们的膝盖发抖，肚子也非常难受，就像我们的心要从嘴里跳出来似的。最后，我们爬上那个巨大的峭壁，按来时的路线返回。

"到了最后那段路，恩卡已经很虚弱了，我们两个人就一直扶着她向前走。不知摔了多少次跤，终于我们走到了藏粮食的粮窖。是的，你们知道的，那里已经没有粮食了。我布置得相当成功，因为他确实认为是狼獾偷走了我们的粮食，他咒骂着那些狼獾也咒骂着他的神。恩卡果然是个勇敢的女人，她微笑着将她的手放进他的手里。我转过身去，竭力克制着自己的情绪。

"'我们在火边休息一会儿吧，'恩卡说，'等明天一早再走。我们可以割掉鹿皮鞋，吃下去会让我们增加一些力气。'我们各自割下鹿皮鞋的鞋筒，切成条状，将它们煮了大半夜，这样我们才能将它们嚼碎吞下去。到了早上，我们说起了我们将会遇到的各种可能。按当时的情形，要走到下一个粮窖至少还需要五天的路程，可是我们不可能坚持到那儿。我们必须找到一些猎物。

"'我们四处看看吧，打些猎物。'他说。

"'对，'我说，'我们去走走，打些猎物。'

"他决定让恩卡留在火边，这样可以保存她的体力。随后我和他一起出发了，他去寻找驼鹿，而我则去了我动过手脚的粮窖。不过，我只是稍微吃了一点儿东西，我怕他们看出我还很强壮。那天晚上，他摔倒了很多次，很晚了才回到我们的营地。至于我，也装出十分虚弱的模样，我被自己的雪鞋绊倒过无数次，好像每迈出一步都可能是我生命的最后一步。最后，我们把鹿皮鞋全都吃了，才算增加了一些力气。

　　"说实话，他是一个很了不起的男人。他的精神一直支撑着他的身体，直到最后一刻。除非为了恩卡，他从来没有大声哭过。第二天，我和他又出去了，这次我跟着他去打猎，我不能错过看到他倒下去的那一刻。他常常躺下来休息一会儿。那天晚上，他几乎丧命，可是新的一天到来的时候，他也只是虚弱地咒骂几句，又继续向前走去。他就像是一个喝醉酒的人，有好几次我都看到他快不行了，可是他总能再奇迹般地站起来。我知道，在他的内心深处，始终有一种巨人的精神，因此他能支撑着身体，度过那个劳累的一天。那天，他打中了两只松鸡，但他自己没有吃。要知道，人饥饿到一定程度，松鸡不要火烤也可以吃下去，它们能救他的命。但他心里想到的是恩卡，所以他转身朝向营地的方向。

　　"那时候，他已经没有力气再往下走了，只能匍匐在雪地上，用手和膝盖往前爬。我朝他走过去，从他涣散的眼神中，我看到了死亡的迹象。如果这个时候，他肯吃下那两只松鸡还是会有生存下去的希望的。他把手里的步枪扔掉，像一条狗一样用嘴叼着那两只松鸡。我走在他的身边，没有像他那样倒下。在休息的间隙，他看着我，我知道他是好奇我为什么还能支撑着没有倒下去。他已经不能说话了，不过我能看出，他的嘴唇在动，尽管没有发出任何声音。就像我之前说过的，他真是一个很了不起的男人，那一刻，我的心不禁软下来。可是，随即我又想起了我一生的经历，想起我在俄罗斯海边辽阔的大森林里遭受的寒冷和饥饿。更重要的是，恩卡原本是属于我的，我为她付出了数不清的兽皮、小船和玻璃珠子。

"就这样，我们穿过了白茫茫的树林，四周寂静得可怕。令人悲伤的往事浮现在半空，将我们紧紧包围着。我看见了阿卡坦金黄的海滩，捕鱼归来的皮舟，还有修建在树林旁边的房屋。那两个自封自己为酋长的人，我是其中一个立法者继承人，我娶的恩卡身上则继承着另外那个人的血统。是的，亚士-努士也陪我一起走着，潮湿的沙子落进他的头发里，他用来打仗的那根长矛，已然折断，却还是被他握在手里。这时候，我期待的那个时刻到了，我看到了恩卡眼中那信誓旦旦的眼神。

"就像我前面说的，我们就这样穿过了树林，直到我们闻到了营地上飘来的烟火味。就在那一刻，我弯下腰来，从他的咬紧的牙关中夺过了那两只松鸡。他转身侧卧在那里休息了一会儿。我看得出他眼中的意味，他身子下面的那只手慢慢地向别在臀部的刀子摸去。可是他太虚弱了，我夺走了他的刀，然后凑近他的脸，微笑着。到了这个时刻，他依旧没有认出我。于是，我学着从黑瓶子里倒酒喝的样子，并比划着堆成小山似的货物，我向他再现了我结婚那天晚上所发生的一切。虽然我什么都没有说，而他却已经完全明白了。只是，他并没有害怕。一丝冷笑在他的嘴角边拉开，他的眼里带着冷冷的愤怒。或许是知道了我是谁的缘故，他身体里又激起了一股新的力量。我们距离营地虽然不远，可毕竟雪路难行，他只能非常缓慢地向前爬去。

"中间有一次，他趴着的时间实在太长了，我只得把他翻了过来，盯着他的眼睛。有时候他眼睛看着前方，有时候他的眼睛里充满了死亡。当我再次放开他的时候，他便又挣扎着向前爬去。就这样，我们终于回到了营火边。见到他回来，恩卡立刻凑到他的身边。我看到他的嘴唇蠕动着，却没有发出声音，之后他指着我，我看得出他是希望恩卡能够明白这一切。从那以后，他就躺在了雪里，非常安静地躺了很长时间。一直到现在，他还躺在那儿。

"我什么也没有说，直到松鸡烤好之后。我用的是故乡的语言，那种语言恩卡已经很多年都没有听到过了。她挺直了身体，就是这样，她的眼睛睁得很大，然后她问我到底是谁，是从哪儿学会了这语言。

"'我是纳斯。'我回答她。

"'你?'她说道，'是你?'她爬过来，为了能够看清我。

"'是的,'我继续说,'我是纳斯,阿卡坦的头领,最后一个继承了先辈血统的人,就像你也是你那个血统的最后继承者。'

"这时,她大笑起来。我以我见过、做过的一切发誓,这一生,我再也不想听到那种笑声了。它使我心里发冷,在那片寂静无声的雪野里,只有我一个人,孤独地面对着死亡和那个大笑的女人。

"'来!'我对她说道,我以为饥饿已经让她有些神经错乱了,'吃了这些东西,我们离开这里。从这里到阿卡坦还有一段很远的路。'

"可是,她根本不听我说了什么,只是把她的脸扎进那个人的黄鬃毛里,大笑着,一直笑到我感觉耳边的天都要塌下来。我原以为,她看到我之后,一定会兴奋无比,会立刻回想起从前那些美好的时光,可是她的表现似乎并不如我所想。

"'起来!'我大声说着,用力抓住她的手,'路还很长,很黑。我们要赶快离开!'

"'去哪儿?'她停止了大笑,坐起来问。

"'回阿卡坦。'我回答,我期待着我的回答可以使她的脸色变得好起来。可是，她的表情就像他一样，一丝冷笑在她的嘴角浮现，她眼中流露出的，是一种冷冷的愤怒。

"'对啊，'她说道，'我们回去，手拉手，回阿卡坦，你和我。然后我们住在那些肮脏不堪的小棚子里，吃鱼和鱼油，生一个小崽子——一个让我们一生都自豪的小崽子。我们会忘掉这个世界，高高兴兴，快活极了。那真是太好了，简直是好极了。来啊！让我们赶快走吧。让我们回到阿卡坦去吧。'

"她没有回应我，只是用手指梳理着他的黄头发，脸上带着一种可怕的微笑。在她的眼中，我再也看不到信誓旦旦的神色。

"我安静地坐在那里，眼前的恩卡成了一个奇怪的女人，她让我有些迷惑不解。我回想着那个晚上，她被他从我家里拖走的时候，她曾那么尖叫着，撕扯着他的头发——可现在呢，她却抚摩着他的头发，不愿意离开。后来，我又想起这么多年来我付出的代价和漫长的等待，于是我走过去抓住她，一如那个家伙对她做过的那样，强盗般地要把她拖走。她向后退着，甚至也像那天晚上一样，就像母猫保护她的幼崽一般地反抗。我们拉扯着，离开那个男人，移到火堆的另一边，之后，我松开了她。她坐在那里，终于安静下来。

"我开始向她讲述她走后所发生的一切，讲述我在那片陌生的大海上的各种遭遇，讲述我在陌生的陆地上遭受的种种劫难，讲述为了寻找她我走得精疲力竭，挨饿受冻很多年，讲述一开始她对我流露出的信誓旦旦的眼神。是的，我把一切都告诉了她，甚至包括那天我和那个男人之间所发生的一切。当然，还有我们年轻时的那些好时光。在我讲述这一切的时候，我看到她的眼睛里又露出了那种信誓旦旦的眼神，那种眼神丰富而辽阔，就像黎明时的阳光。我从她的目光中看到了怜悯，还有女人的柔情和爱，我知道，那就是恩卡的心和灵魂。那一刻，我仿佛又回到了在阿卡坦的时光，因为那个眼神，就是当初恩卡跑上沙滩，大笑着跑进她母亲家时所流露的眼神。我所经历过的那些艰难、不安消失了，还有那些饥饿和疲惫不堪的等待，统统化为了云烟。

"我所希冀的那个时刻终于到来了。我感到她的内心在召唤我，仿佛我必须把我的头停放在她的胸前，才能忘记过去的一切。她对我伸出双臂，我向她的怀里扑过去。就在这时，她眼睛里的绵绵情意突然变成了燃烧着仇恨的火焰，她的一只手伸向我的臀部。一下，两下，她从我的腰间拔出刀来刺向我。

"'狗！'她冷笑着，把我推到雪地里，'猪！'她又开始疯狂地大笑起来，直到那笑声搅碎了四周的沉寂。她又回到了那个死人的怀里。

"我说过了，她用刀刺了我一下，两下。但是，她太饿了，身体也极度虚弱，她根本就没有力气杀死我。就算这样，我还是愿意留在那个地方，我愿意闭上眼睛和他们长眠在一起，因为他们的生活已经和我的生活交织在了一起，并催促着我迈开脚步走过人生中无数陌生的道路。可是，我不能就那么闭上眼睛，我还有一笔债务偿还，不然它会压在我的心上，不让我安息。

"路，那么漫长，天气，也冷得刺骨，食物，已所剩无几。那些佩里人没有找到驼鹿，便抢夺了我的粮窖。那三个白人也是一样，只不过在我经过的时候，骨瘦如柴的他们已经躺在他们的木屋里，死了。从那个时候开始，我什么都不记得了，直到我走到这里，发现了食物和火——很多火。"

说完这些，他蹲下身子又向炉火处靠近了些，他试探着那些火焰，仿佛觉得这一切都不真实一般。

"可是，恩卡！"普林斯大声喊道，显然，他还沉浸在那个人所描述的景象中。

"恩卡？她不肯吃松鸡。她躺下来，用胳膊抱着他的脖子，一张脸深深地埋在他的黄头发里。我把火移到她的身边，这样，她便可以暖和一些，可是她不接受我的好意，爬到了另一边。我便又在那边点起了一堆火，但还是没有用，因为她不肯吃东西。就这样，现在，他们应该还躺在那个地方的雪里。"

"你有什么打算？"马尔穆特·基德问道。

"我不知道。阿卡坦是一个小岛，我一点儿都不想再回到那个世界的边缘。但是你也看到了，再活下去也没有多少价值。当然，我也可以走到康斯坦丁那儿，他们会把一些铁家伙戴在我身上，然后在某一天，他们还会给我套上一根绳子，这样我就可以好好地睡一觉了。但是——不。我不知道。"

"可是，"普林斯说道，"你这是谋杀！"

"安静！"马尔穆特·基德突然命令说，"有一些事情已经超出了我们的智慧所能判断的范畴，也远远超出了我们的道德标准。所以，这件事情的对与错，我们几个人显然是说不清楚，再者这也不是我们所能审判的。"

纳斯颤抖着，将身子又向火炉边移过去一些。后来，是一种长长的沉寂中，在这种沉寂中，每个人的眼前轮番上演着一幅幅生动的画面。

基斯的传说

  这是一个十分悠远的故事。那时基斯住在北极的海边,是那个村落的酋长。那个部落在他的带领下经过多年的繁荣,一直到他带着荣耀离开人世。后来,他的功绩在那个部落中代代相传。但毕竟他的时代已经过去太久了,久到只有一些上了年纪的老人才记得他的名字;老人们是从更早的老人们那儿听到他的名字和他的传说的,然后这些老人再讲述给他们的儿女听,儿女们又讲给他们的孩子听,就这样,时间流逝着,而这个故事也随着人们的口口相传流传着。

　　每每极夜到来、暴风雪横扫着这无边的冰天雪地，千山万壑都杳无人迹时，人们便躲在屋里，围在火堆边，听着基斯是怎样从村中最简陋的圆顶茅屋里，抵达万人之上的权力巅峰的。

　　老人们说，他是个很有智慧的少年，健壮而又明理。老人们说他见过十三个太阳，所以人们就以他的方式来计算岁月。每个冬天，太阳便沉入黑暗的大地之下，而在下一年中，又有一个新的太阳出来，如此他们就能再次体验到温暖，并看清彼此的模样。

　　基斯的父亲是部落里的一位勇士，他死于一个荒年。那年，他和一只巨大的北极熊展开了一场搏斗，他想用熊肉来拯救饥饿的族人。在那场厮杀中，他死死地抱着那只熊，他的骨头全断了，熊咬下来很多他的肉，但是最终他用他的性命拯救了饥饿的人们。基斯是他的独子，他死了之后，家中只剩下了基斯和基斯的母亲。只是，人们总是容易忘恩负义，没过多久，族人们便忘却了基斯的父亲是怎么牺牲的。当时，基斯还只是个孩子，他的母亲也只是个女人，相依为命的母子俩很快就沦落为大家视而不见的人，不久之后，他们就住进了村子中最破落的茅屋。

　　一天晚上，在酋长科万的大茅屋中，召开了一次村务

会。会上，基斯表示，他已经成长为一个堂堂正正的汉子
了，他以大人的模样站起来，等到人群中的私语声静了下
去，他才开口说："熊肉的确是按比例分配给了我，但基本
上都是一些又老又糙的肉，骨头也特别多。"

无论是年轻的还是年长的猎手们听到这些话都愣住了，
这样的场面，他们可是第一次碰到，一个少年居然像个大
人那样发言，而且是当着他们的面，对人心的隐秘之处一
击即中。

基斯的神态沉稳冷静，他用一种严峻的语气接着说道：
"我知道我的父亲勃克是一位杰出的猎手。我之所以敢这样
讲，是因为他带回家的肉，比两个最优秀的猎手的还要多。
他用自己的双手，参与分配猎到的肉食，他用自己的双眼，
看着最老的妇女和最老的男人，拿到属于他们的最公平的
份额。"

"不！不！"男人们开始喧嚷起来，"把那东西轰出去！"

"上床睡觉去！"

"他怎么能向男人和白胡子们这样说话！"

基斯没有急躁，他耐心地等待着人们平静下去。

"你有一位妻子，乌赫，"他说，"你是在为她说话；还有你，马苏克，你也有一位母亲，你们都是为了她们说话。而我的母亲呢，除了我之外，什么人也没有，所以我要讲话。我要说，因为我的父亲勃克为了大家而牺牲的，我，作为他唯一的儿子，伊基伽——我的母亲，作为他的妻子，只要部落里有足够的肉食来分配，我们就应该分到足够的肉。我，基斯——勃克之子，今天就要这么说。"

说完，他坐了下来，安静地听着因为他的话而引起的骚动。

"这个小东西有什么资格在村务会上发言！"乌赫嘀咕道。

"难道我们这些大人需要这个吃奶的娃娃来指责该去干什么吗？"马苏克大喊道，"难道我就活该是个要让每个哭着要肉吃的孩子来嘲笑的男人？"

人群中开始沸腾起来，人们相继命令着基斯快滚到床上睡觉去，并且威胁他说以后将不再给他一点儿肉，而他刚才的无礼，也必将招来一顿狠揍。

坐在人群中的基斯怒了，他两眼闪闪发亮，体内也热血沸腾，在一片咒骂声中，他猛地站起来："你们这些人都给我听着！"他怒吼道，"我将永远不会在村务会上发言，永远不会了！直到有一天你们前来对我说：'好吧，基斯，你来讲话了，好了，这是我们大家的愿望。'所以，你们这些人，今天记住我的话吧，因为这是我最后的话。勃克——我的父亲，是一位杰出的猎手；我，他的儿子，从今以后会自己去猎取我要吃的肉食。现在，我还要你们知道，所有我杀死的猎物，都将会得到公平的分配。我保证，从此之后，再没有鳏寡老弱的人在壮汉因撑得过多而哼哼唧唧时因为腹中空空而在夜里哭泣。你们记住，总有一天，羞耻会落到那些吃得过多的壮汉头上。我，基斯，今天就要说出这些话！"

在一片嘲笑声中，基斯走出了茅屋，他紧闭着双唇，双目直视着前方，脚步坚定地走下去。

第二天，他一个人沿着冰土混杂的海岸线向前走去。人们看到他拿着一张长弓和许多倒钩骨箭，而他肩上背着的正是他父亲的大猎矛。一路上，人们肆无忌惮地嘲笑着他，因为这样的事人们还是第一次见到。这样小的孩子，从来没有出过猎，更不用说是单打独斗了。有些人摇着头、不住地感叹着，而女人们则用一种哀怜的眼神望着满脸忧伤的伊基伽。

"别担心，不久他就会回来的。"她们安慰他的母亲。

"让他去吧，或许这对他是个教训，"猎人们说，"他用不了多久就会回来的，以后他的嘴巴也会变软一些。"

人们似乎都料错了，一天过去了，基斯没有回来，接着是第二天，到了第三天突然起了风暴，而基斯依旧没有回来。

伊基伽似乎要发疯了，她扯着自己的头发，用浸有海豹油的烟灰涂满了脸，以此来表示自己的悲伤；女人们说着最尖刻的言词，她们指责着男人们对基斯的不公，激他去送死。男人们呢，则一声不吭，他们商量着准备暴风雪过后，马上出去找回基斯的尸体。令所有人没想到的是，第四天清晨，基斯却回来了。他踏着矫健的步子走进村庄，而他的肩膀上扛着的是一大挂新鲜的熊肉。挺着胸膛、迈着大步的基斯就像是一个勇士，他的言语中流露着自豪。

"男人们，带着狗和雪橇去吧，沿着我的足迹，而且今天出行更有益处，"他说，"冰面上有很多肉——一只母熊和两只半大的熊仔儿。"

原本一脸悲伤的伊基伽兴奋了，而基斯却以男子汉特有的神气对她说："来呀，伊基伽，让我们先饱餐一顿吧，等吃完我要睡上一觉，我真是太累了。"

他说完，扛着熊肉走进自家的圆顶茅屋，他大碗吃肉，大碗喝酒，之后便昏沉沉地陷入了沉睡。他真是太累了，竟连睡了二十个小时。

一开始，人们还狐疑不已，他们悄悄议论。要知道杀死一只北极熊可是一件极危险的事情，而险中又险的是，杀死一只母熊和她的幼崽儿。男人们实在是无法相信一个小男孩竟然以一己之力完成了这样一个不可能的奇迹。而女人们则一起讨论着基斯背回来的新鲜肉食，并嘲笑男人们对此的疑虑。所以当他们四散而去时，女人们仍旧唠叨着各种各样的可能性：如果事情真是那样的话，他或许会忘记切开大熊，而这时的北极，一旦熊被猎杀之后，这可是首要的工作。不然的话，肉就会像最锋利的刀刃那样被冻得僵硬。要知道一只三百磅重的大熊一旦被冻硬，要想把它放上雪橇，并在崎岖的冰面上拖行，那可不是一件轻松的活。

奇迹就这样发生了，男人们发现，基斯不仅把熊给杀了，而且用的还是真正的猎手方式，把那只野兽割成四份，掏净了它的心肝五脏。

如此一来，一个神秘的光环开始环绕在基斯周围，他的光辉形象变得愈来愈高大。

第二次出猎，基斯杀死了一只半大的熊。

之后，他又猎杀了一只大公熊和一只大母熊。

每一次狩猎，基斯通常要花上三四天的工夫，有时在冰原上耗上一周也是常有的事情。每次出猎，他都独自一人。人们开始对他有了更多的好奇，"他是怎样做到的？"他们大眼瞪小眼，怎样都想不通："为什么他连狗都不要？要知道猎杀野兽时狗可是缺不了的呀。"

"你为什么只猎熊呢？"有一次，酋长科万终于忍不住了硬着头皮问他。

基斯的回答也很巧妙："熊的肉多呀。"

尽管如此，村子里还是响起了巫术的传言。"他一定是有鬼魂相助，"一些人用一副自认高明的神情说，"这当然很厉害啦，除了鬼魂相助，还能是什么呢？"

"这可说不定，或许不是鬼，而是善者，是神保佑的。"有些人如此说，"我们都知道他父亲是个神猎手。也许是他父亲的英灵护佑着他，帮他打猎，他才有这样的收获，谁说得准呢？"

　　不过，传言归传言，他的猎物却从未间断，那些笨拙的猎人们常常忙着拖运他猎来的肉。就像他之前说的那样，他分肉很公平，像他父亲在世时那样，他要看着最年幼的女孩儿和最老迈的老妇得到她们公平的一份，而他留给自己的也从来不会多于他必需的。

　　他就是这样的公平而又神奇，因此他得到了人们的敬畏，慢慢地，大家开始谈论着科万之后最有资格做酋长的一定是他。就是因为他如此多的功绩，人们开始期待着他能够再次出现在村务会上，只是，如他之前所说的那样，他没有再出席过，而人们对于希望他能参加村务会这件事却总觉得难以启齿。

　　"我想建造一个圆顶茅屋，"一天，他对科万酋长和几位猎手说，"我希望能建一个大茅屋，这样的话，我和伊基伽就可以在里面安适地栖居。"

　　"啊，是要这样。"他们认真地点头。

　　"不过我没有时间，我现在的职业是打猎，它几乎用去了我所有的时间。所以我想，让村子里吃过我猎来的肉的人们给我造个茅屋，这样才是公平的。"

　　于是，茅屋就这样建成了，它的规模甚至超过了科万酋长的居所。基斯和母亲搬进了新屋，那是自勃克死后他们所享受的第一个豪宅。对伊基伽而言，这不仅仅是物质上的享受，而是她那个神奇的儿子，以及他给她的地位。从那之后，她被大家公认为村里的第一妇人，女人们常常前来拜访她，聆听她的指点，当她们之间或者和男人们发生争吵时，她们就会搬出伊基伽的名言。

但基斯神秘的狩猎术，还是一直萦绕在男人们的头脑中，挥之不去。一次，乌赫碰到了基斯，指责他使用巫术。

"有人说，"乌赫阴沉地说，"你喜欢和'鬼'在一起厮混，以出卖灵魂来换取回报。"

"那么我猎的肉里有鬼吗？"基斯说，"村子里有人吃它得了怪病吗？你怎么知道我和巫鬼混在一起？你难道不是因为嫉妒而胡思乱想？"

被基斯这样一问，乌赫灰头土脸地溜了，女人们看着他开溜的背影嘲笑着他。

到了晚上，村子里又召开了村务会。会上，大家经过长时间讨论后，男人们决定在基斯出去打猎时，派人跟踪他。

就这样，基斯一出猎，比姆和勃恩——两位最机灵的年轻猎手，便悄悄地跟在他后面。五天后，两个人灰头土脸地回来了，两眼红肿不说，就连舌头也不听使唤了，但总算讲清了他们见到的一切。

村务会在科万酋长的家中紧急举行，比姆首先发言："兄弟们！总算不负大家所托，我们一路机警地跟踪着基斯，当然，他并不知道我们就跟在他的后面。第一天，他走在路上，迎面遇到了一只大公熊，那真的是一只巨熊。"

"是的，大得简直不能再大了。"勃恩作证并接着说道，"不过那只熊没有和他进行搏斗，它转过身，沿着冰面慢慢地走开。这是我们从岸上的岩石后看到的情景，熊朝着我们走来，它的后面是毫无畏惧的基斯。他在熊的后面尖声喊叫着，挥舞着他的臂膀，制造出杂音。后来，熊被激怒了，它支着后腿站了起来，大声咆哮着，但基斯却并没有后退，而是径直朝着熊走了过去。"

"啊，没错，"比姆接着勃恩的话继续讲下去，"他正对着熊，走了上去。待到熊扑上来抓他时，他却又跑开了。不过他在跑开的时候，还随手在冰上丢下一个小圆球，熊停了下来去闻那个小圆球。而基斯呢，则继续边跑边丢下小圆球，熊就一一把那些小圆球吞了下去。"

人们听到这里，开始惊叹、喊叫、吵闹起来，但乌赫却跳出来，表示不信。

"语言有时候或许不可信，但眼睛造不了假。"比姆说道。

勃恩说："是啊，这都是我们亲眼所见的。基斯和熊就这样继续着，突然，熊立起身子痛吼起来，它的前爪拼命地扑腾。基斯见此情景马上退出好远。但这时候，熊已经不再管他了，我看得出，应该是熊吞进体内的小圆球控制了它。"

"对，就是他体内的东西控制了它，"比姆忍不住又插话进来，"它开始用爪子抓挠肚子，看上去就像一只玩耍的小狗在冰上跳来蹦去，只是它发出的嘶吼绝不是在玩耍的样子，而是痛苦得忍受不了。说实在的那场面我可是第一次见！"

"对，我也一样，"勃恩再次插进来，"而且还是那么大的一只熊。"

"这是巫术。"乌赫声称。

"至于是什么我就不清楚了，"勃恩说，"我只是说我的眼睛看到了这样的事情发生。没多大一会儿，熊就疲软了，它很笨重，用力跳了跳，就沿着冰岸走了下去，只是它的头向两边摇动着，后来它就坐了下来，又哀号起来。基斯就在熊后面跟着，而我们则跟在基斯后面，一连四天，我们就一直这样跟着。熊越走越慢，而且从未停止过痛吼。"

"这是种魔力！"乌赫大喊道，"肯定是魔力！"

"或许是吧。"

比姆又接过勃恩的话，继续说，"熊就那么一跌一撞，一会儿跌向左，一会儿撞向右，一会儿向前迈一步，一会儿又马上向后退两步，一会儿围着自己的足印转圈。最后，它走近了基斯第一次遇到它的地方，那时，它已经累得一塌糊涂，再也没有力气往前爬了，就在这个时候，基斯便走了上去，用矛结束了它的生命。"

"然后呢，怎么样了？"科万急问。

"后来，后来基斯就开始剥熊皮了，我们就跑了回来，再后来杀熊的消息就传开了。"

就是在那天下午，女人们拖着熊肉嗨哟嗨哟地进了村，而男人们则全坐在屋里开大会。

基斯回来了，他是在女人们的簇拥下凯旋。这时，男人们派了一个人前来，请他去开村务会。不过最后这个被派去请基斯的人只带回一句话，说基斯说自己又累又饿，而他的圆顶茅屋又宽敞又暖和，可以坐很多人。

男人们听了，难以抑制住好奇心，于是，整个村务会的人，由科万带头，朝着基斯的茅屋走了去。待他们来到基斯的圆顶茅屋时，他正在大吃大喝，但还是很礼貌地迎接了他们，并让他们按辈分就坐。这时的伊基伽既自豪又羞怯，而基斯表现得却很沉稳。

大家落座之后，科万把比姆和勃恩之前说过的话一字不差地复述了一遍，之后他走近基斯，严峻地问："所以，你现在必须解释一下，基斯，你打猎的那种方式，到底是不是巫术？"

基斯抬起头，瞟了一眼屋顶，他的脸上突然绽开了一朵笑容，他说："不是啊，科万酋长，一个小男孩是不知道任何巫术的，我丝毫不了解什么巫术，我只是创造了一种猎杀北极熊的新技巧，只是这种技巧更安全也更省力而已。在我看来，这是'智'术，而不是什么巫术。"

"听你这么说，是不是任何人都能学会？"

"对，任何人。"

圆顶茅屋中一片寂然。大家你望着我，我看着你，一脸诧异。

而基斯却一脸无谓的样子，仍旧是一个人大吃大喝着。

"那……那……那你能把这种技巧告诉我们吗，基斯?"科万声音颤抖。

"当然，我会告诉你们的。"基斯吮完了最后一口骨髓，然后站起身来，他说，"其实这非常简单，你看着!"

他说完便拣起一薄片鲸鱼骨拿给大家看，鲸鱼骨的一端就像针尖一样尖锐。他小心地将骨片卷成圈儿，鲸鱼骨于是消失在他紧握的手掌中。然后，他一松手，骨片就弹了起来。这时，他拣起一块鲸油。

"就是这样，"他演示着说，"用一小块鲸油，就这样，像这样，把一块鲸骨片儿包在这块鲸油的里面，当然，要把鲸骨片儿很紧地卷成一个卷儿，然后在包有鲸骨的鲸油外面再包上一层鲸油。弄完之后，就把它放在茅屋外面，让它冻成一个小圆球。我就是用这样的小圆球来猎杀熊的。因为熊吞下了小圆球后，鲸油就会融化，而带有尖端的鲸骨卷儿就会弹开，这样一来，熊自然就会觉得难受，当它难受得难以忍受时，我们就可以用矛枪来刺杀它了。看，就是这样，非常简单。"

乌赫惊呼："哇！"

科万酋长也跟着惊叹说："啊！"

在场的每一个人都用自己的方式对此表示惊叹。直到这时，人们才恍然大悟。

以上的故事就是基斯的传说。他生活在遥远时代的北冰洋上，他用来猎杀野兽的是智术而并非是巫术，他从一个住在最破落的圆顶茅屋中的小男孩成长为一个村子里的酋长。传说中他活了很久。而且，在他当酋长的那些年月里，他的部落一直人丁兴旺，再没有寡妇或者老弱病残的人因为没有肉吃而夜夜啼哭。

墨西哥人

一

　　他的过去没有人知道——至少地下党人不知道。他是一个"小鬼"，同时他又是一个"大爱国的人"。他用他独特的方式，为即将到来的墨西哥革命而战斗，从这一点上说，他投入程度丝毫不亚于他们。不过当他们明白这一点时，已经很晚了。

　　从来没有一个地下党人亲近他。他第一次挤进他们那个拥挤而忙碌的房间时，每一个人都怀疑他是个间谍——

是一条被迪亚士的秘密警察收买的走狗。他们有太多的同志囚禁在美国各地的监狱里。甚至有一些囚犯刚被押过边境，就在土墙边，站成一排，然后被残忍地射杀。

说到第一眼，这个小伙子是真的没给他们留下什么好印象。他看上去不超过十八岁，个子小小的。他说他叫里维拉，只是单纯地想为革命做些事。他就说了这些，多一个字都没有，对于其他的他并不再解释。他就那么站在那儿，等着，他脸上看不出一丝微笑，眼中也没有温和的神情。可不知道为什么，身材高大且性格刚烈的维拉却忍不住打了个寒噤。他感觉这小伙子是一个凶险难测的存在。

小伙子的一双眼睛很黑，如同蛇目，喷溅出有毒的光。而且这目光中还燃烧着冰冷的火焰，里面积淀着一种巨大的怒与苦。他就用这样的目光检视着一张张密谋革命人的脸，最后他的目光落到打字机上。那时，塞丝夫人正忙着打字。他的目光在塞丝夫人的脸上停留了一会儿。塞丝夫人显然是感受到了目光的压力，于是回头一看，就这样，双方的目光瞬间相碰——她如同蝴蝶般翻飞的手骤然停止了，并且她产生了一种说不出的感觉。待她回过神来时，她早已忘了自己之前打了一些什么，只好将已打好的部分重读一遍。

维拉不安了，他看了看阿里拉诺和雷蒙斯，眼神中带着一连串问号，而他们射来的目光也写满了问号。看来他们同样看出了彼此的心神不安。这个看上去瘦弱的男孩令人捉摸不透，他身上充满着危险，关键是大家还不了解他。所以，不是你说痛恨迪亚士和他的残暴革命党人就能让你进入革命的阵营。这个小伙子身上带着一些他们说不出来的异样感觉，不过维拉这个激烈、敏锐的人还是先开口回答了小伙子的话。

"那真是好极了，"他沉着地说道，"你说你想参加革命，那好，你先把外套脱下来，挂到那边去，我来给你做个示范——过来，这儿有水桶和外衣。你看地板脏极了，你就从擦地板开始吧，除了这间还有其他房间的地板也要擦洗。痰盂也需要清洗。做完这些之后就擦窗户吧。"

"这都是为了革命吗?"小伙子问。

"当然是为了革命。"维拉回答。

里维拉按捺住自己的疑惑看看他们，然后脱掉外套。

"这不错。"他说。

他开始投入到工作中，没有再多说一句话。

此后，他日复一日地来上班——扫地、擦地、洗刷，在那些四处奔忙的人们还未坐到办公桌前时，他已倒空炉灰，加好煤并且生好了炉子。

一次，他问："我能睡在这里吗?"

哈! 这就对了——迪亚士间谍的尾巴总算掉出来啦。睡在地下党人的屋子里，就意味着他想刺探他们的机密、地下党人的名单，还有那些墨西哥大地上从事地下活动的同志们的住址。这个要求自然遭到了拒绝。从此，里维拉再没有说起过这件事。当然他们也就不清楚他睡在哪里，吃在哪里以及吃些什么。阿里拉诺曾给过他两块钱，被里维拉摇头拒绝了。当时维拉也参加进来，想硬把这两块钱塞给里维拉，不过里维拉坚持不要，他说："我在为革命服务。"

就是为革命服务也是需要金钱的。地下党人就总是缺钱。革命者们常常是饥寒交迫，日子过得相当艰难，而且有很多次就因为缺那么几块钱，革命几乎就要停止或完蛋了。有一次，他们两个月没交房租，房东就咆哮着说要把他们扫地出门。

当时就是里维拉，这个擦地板的男孩，这个一身破衣烂衫的男孩，拿出了六十元钱放在了塞丝的桌上。还有一次，三百封由打字机噼噼啪啪打出的信，因为没有邮票，被迫放在那里无法邮寄（这些信都是求助信。是呼吁得到劳工组织的承认；请求报界给予革命以真实的报道；抗议美帝国主义的强权等）。为了这些信，维拉的表不见了——那块老式金表是他父亲唯一的遗物。还有，塞丝的赤金戒指也不见了。但就算这样也还是无济于事。雷蒙斯和阿里拉诺几乎陷于绝望，他们用手扯着自己的长胡子。信必须发出去，不过邮局已经明确表示不再赊给他们邮票了。这时，又是里维拉站了出来，他戴上帽子出了门。回来时，他拿出一千张二分面额的邮票放在了塞斯的桌上。

"这钱，我担心不干净，恐怕是从迪亚士那里弄来的？"维拉向同志们说道。

他们听了，眉毛向上扬了扬，谁都无法判断。里维拉，这个为革命擦地板的小工，时常会拿出一些金银供地下党人用。但地下党人却怎么也不能喜欢他。是的，他们不了解他。他和他们不一样，他不相信任何人，一切旁敲侧击的试探都令他感到厌恶。而且他年轻气盛，也没人敢开门见山地去问他。

"一个精灵，巨大而孤独。也许吧，反正我不懂，我不懂。"阿里拉诺无奈地说。

"他应该不属于人类。"雷蒙斯说。

"他的心灵已枯焦了,"塞丝说道,"光明与欢愉在他的体内已经烧尽;他已经死去,但又那么令人恐怖地活着。"

"他来自地狱,"维拉说,"不是从地狱升起的灵魂,决不会如此——可是他还是一个孩子。"

没办法,他们还是不喜欢他。而他也从不张嘴,不问任何事,不提出任何建议。当他们谈论革命,谈到群情激奋之时,他也只是站在一旁听着,脸上看不出一丝的涟漪,他的脸,沉寂得如同死尸。很长时间以来,他只有那么一双眼睛带着那么一点情绪,喷溅出一道冰冷的烈焰。那道冰冷的烈焰总是从这张脸"烧"到那张脸,从这个说话的人身上"刺"到另一个说话的人身上,就像一个寒冰般的手钻,直钻向人心的深处,让人深感不安。

"他不可能是间谍,"维拉向塞丝说出了自己的想法,"他是一个爱国者——请你记住我的话。他是我们当中最优秀的爱国者,这一点我很确定。这是我的直觉,是我用心灵感受到的,尽管我对他没有丝毫的了解。"

"但是他的脾气很坏。"塞丝说。

"我知道，"维拉说，同时他的身子不由得颤抖了一下，"他那双眼睛盯着我时，我能感觉到那眼神中没有爱，有的只是一种震慑，就像林中的猛虎。我很清楚，如果我对革命不忠心的话，他一定会干掉我。他没有心肝，像钢铁般无情，又像霜花一样锐利、冰冷。当你躺在孤峰之顶，饥饿交加，将要丧命之时，那么他就是照在你身上的那一丝寒冬的月光。我不在乎迪亚士和他所有的刺客，不过这个男孩，我怕他，真的，我怕他。他就是死亡的化身。"

虽然维拉这样评价里维拉，但也正是他开始劝告其他人信任里维拉。

后来，洛杉矶与南加州之间的联络中断了，有三位同志壮烈牺牲，另外两个同志则被囚禁在洛杉矶的监狱里。阿尔维拉多——联邦司令官，一个恶魔，他把他们所有的安排全都打乱了。由于他的破坏，使得他们无法与那些革命者联系上，更没有办法和南加州那些行动起来的革命者对上头。

就是在那么特殊的时期，里维拉接到了指令，他马上奔向南方。等他回来时，联络线迅速重建起来了。也就是在那个时候，阿尔维拉多死了。人们发现他死在床上，胸前紧紧地插着一把匕首。在给里维拉的指令中其实并没有这样的安排，但他们对他行动的时间是很了解的，只是他们没有多问一句，当然，他也照旧一言不发。他们更多的是面面相觑，各自在心底暗自揣摩着。

"我早就告诉过你们，"维拉说道，"迪亚士惧怕这个青年，比对任何人都怕。要知道对于那些犯罪的人，他从来不宽恕。因为他是上帝派来的人。"

当然，里维拉的脾气确实很坏。塞丝也这么说过，大家也深有同感。其实不要说感觉了，单单看看他的外貌就知道了。通常情况下，他的嘴巴破裂，脸颊青黑，再不然就是双耳红肿，有很明显地打架斗殴的痕迹。至于他一个人在什么地方吃、住、赚钱，以及在什么地方打架斗殴，他们都一无所知。

随着大家相处时间的增多，他开始为他们每周出版的革命传单排字。只是他经常无法工作，不是他的指关节红肿或被打烂，就是他的大拇指受伤。当他一只胳膊吊在身体一侧，一脸默默无语的痛苦时，他铁定是无法排字的。

"简直就是流氓。"阿里拉诺说道。

"痞子。"雷蒙斯也这么说。

"但是钱呢？他的钱到底是从哪里来的呢？"维拉问，"就拿今天来说吧，我刚知道，是他支付了白纸的账单——一百四十元。"

"可是有时他连个影子都找不到，"塞丝说，"他从来也不说他上哪儿去了。"

"那就派个密探跟踪他。"雷蒙斯提议。

"我倒是不害怕去当这个密探，"维拉说，"就是怕你们从此再也不能见到我了，当然，这也不错，可以省掉一笔送葬费。这个青年天生就有一种骇人的激情，可怕的是他的这种心灵上的激情连上帝都无法制止。"

"不得不承认，在他面前，我反倒像个孩子。"雷蒙斯也软了下来。

"对我来说，他就是一种威力——他像一个猿人，一匹野狼，横冲直撞的响尾蛇，要叮人的蜈蚣。"阿里拉诺说。

"不错，他就是革命的化身，"维拉坚定地说，"他是革命的烈焰、灵魂，是一种从不停息的无言的呐喊，更是冲出这黑色监狱的毁灭天使。"

　　"我想我会为他哭泣的，"塞丝说，"他不认识任何人。说白了，他恨一切人。他之所以能忍受我们，是因为我们是实现他信仰的大道。他遗世独立，……遗世独立。"塞丝说着抽泣起来，泪水像珠串一般一串串地滚下。

　　里维拉的行踪确实怪异，有时他们一周都见不着他。还有一次他竟离开了一个月。每当他回来时，大家总是向他脱帽致意。没有任何吹吹拍拍与夸夸其谈，他把金币放在塞丝的桌上。于是，又是数天，数个星期，他和地下党们成天待在一起，然后又突然失踪，从清早到傍晚都不见人影。也有这种时候，他早上来得很早，晚上走得也很晚。阿里拉诺还曾发现过他半夜排字。他的手指关节有了新的红肿，或是嘴唇上又有新的重创，还在渗血。

二

　　十万火急的关头快要到了。革命能不能发动起来，就得看革命委员会了，而革命委员会偏偏窘得厉害。现在，他们比过去任何时候都需要钱，可是弄钱却愈来愈困难。爱国志士们已经拿出了他们的最后一分钱，现在再也拿不出了。季节工——从墨西哥逃亡出来的以劳役抵债的农民——捐出了他们的微薄工资的一半。可还是远远不够。多年的辛苦、密谋和地下工作，已经快要有收获了。时机已经成熟，革命成败未决。只要再加一把劲，再做一次最后的英勇努力，就会像在天平上加了一个砝码，把革命推向胜利。他们了解他们的墨西哥，只要一旦发动起来，革命就会自然而然地进行下去。狄亚士的整个政权就会像纸板的房子一样垮台。

现在，边境上的人们正在准备起义。有一个美国人，带领着一百名世界产业工人联合会的会员，正在等待越过边境的命令，去攻打下加利福尼亚。不过他需要枪支。同时，革命委员会跟大西洋那边的人也有联系，而他们也都需要枪支，其中有纯粹的冒险家、碰运气的军人、土匪、心怀不满的美国工会会员、社会主义者、无政府主义者、恶棍、从墨西哥流亡出来的人、逃出来的以劳役抵债的农民，以及在科尔达伦和科罗拉多的监狱里受尽鞭打之后逃亡出来、更加迫切要求战斗的矿工——一切在这个混乱复杂的现代世界里，给弄得流离失所和被抛弃了的不顾一切的人。而他们的不停的、永远的呼声，就是枪支和弹药、弹药和枪支。

情急之下，革命委员会只好派这支不名一文的旨在复仇的人冲过边界，到那时革命就会爆发。海关，北部的港口，都会被他们占领。狄亚士也不能抵抗。他不敢驱使他的主要兵力来对付他们，因为它必须控制南方。可是南方也会到处燃起革命的火焰。人民会揭竿起义。他的防御会一个城池接一个城池地崩溃，一个州接着一个州地垮台。最后，胜利的革命军队，就会从四面八方汇合拢来，围攻狄亚士的最后据点——墨西哥城。

但是，从哪里弄钱呢？他们有的是人，这些人一个个地迫不及待，都愿意拿起枪支。他们也认识那些肯出卖和运送枪支的商人。但是把革命培植到这种地步，已经把委员会的力量耗尽了。如今，最后的一块钱也用掉了，最后的资源，以及最后一位挨饿的爱国志士的口袋都已经空了，而伟大的革命仍然在天平上摆动。要枪，要子弹！这些拼凑起来的队伍必须得到武器。可是怎么办？拿什么去武装部队呢？雷蒙斯叹息他那过早贡献出来的地产；阿里拉诺叹息青春年华就这样浪掷。塞丝疑疑惑惑，或许他们以前再节省一点，事情就大不一样了。

"想想看，解放整个墨西哥，成败竟取决于几千块钱这个细节上。"维拉说道。

一个刚刚传来的消息，让他们陷入一片绝望之中。阿马利诺，他们最后一根救命稻草，一个刚加入的革命者，他答应出钱，可是他在齐华华自己的庄园里被捕，之后他被击毙在他的马厩的墙边。消息刚刚传来的时候。里维拉正跪在地上擦地板，他抬起头瞧了瞧，手里举着刷子，两只光胳膊上沾满了肥皂泡与脏水。

"再有五千元，革命就能成功?"他这样问。

大家听到他这么说，全都大吃一惊。维拉点点头同时还咽了口口水，他虽然说不出话来，但立刻信心大增。

"那么，快去订枪吧，"里维拉说了这么一句，之后他又滔滔不绝地说了一通，他们从未听他说过如此多的话，"时间很紧张。三星期内我一定会把五千块钱交到你们的手上。好吧，就这么办。到那时，气候对于那些战斗的人来说或许会更暖和些。当然，我相信这也是我所能做的最好的事。"

实话说，维拉并不敢抱太大的指望，毕竟这怎么想都是一件匪夷所思的事情。自从他搞革命以来，不知有多少美妙的希望都破灭了。他相信这个衣衫褴褛的、革命的打扫夫说的话是真的，可是他又不敢相信。

"你疯啦!"他说。

"三星期内，"里维拉的语气很坚定，他说，"订枪去吧。"

说完，他站起身，把卷起的袖子放下，然后穿上外套。

"订枪吧，"他说，"我这就走。"

三

凯利打了无数电话，经过一阵忙乱和吵吵闹闹之后，晚上，他在办事处开了个会。

凯利办事向来干脆利落，可这回却触了霉头。他把丹尼、华尔德从纽约请来，安排好了他跟卡尔塞的拳击比赛。三星期过去了，离比赛只剩两天了，可在这节骨眼上卡尔塞却被人打趴下了，而且伤势严重，他们偷偷摸摸地躲过了跟踪追击的体育记者，可是，如果没有代替卡尔塞的人还是解决不了问题。凯利发了许多电报到美国西部去，问遍了每一个合格的轻量级拳击家，但是他们都限于赛期和合同，不能前来。现在，他总算又有了一点希望，可是不大。

"你的胆子可不小。"凯利见到里维拉，看了他一眼之后，说出这样一句话。

里维拉面无表情。虽然他的眼睛里充满了深刻的仇恨，脸上却不动声色。

"我能打败丹尼·华尔德。"他只说了这么一句。

"你怎么会知道？你有看过他拳击吗？"

里维拉摇了摇头。

"他闭上眼睛，只需用一只手，也能把你打倒。"

里维拉有点无所谓地耸了耸肩膀。

"你怎么不说话？"凯利咆哮起来。

"我能打败他。"

"你倒是说说看，你究竟跟谁打过拳击？"迈克尔问他。迈克尔是老板凯利的兄弟，开设一家黄石赌场，在拳击比赛上也赚了很多钱。

里维拉只是狠狠地瞪了他一眼，并没有回答。

这时，老板的助手，一个看起来像是个运动员的人，突然冷笑一声。

"这么说来你和罗伯茨很熟吧？"凯利打破这充满敌意的沉默，"本来，他应该在这儿的，我已派人去找他了。现在你先坐下来，我们稍等一下。恕我直言，单从你的外表看来，我想你不会有这个比赛的机会。我不会让大家把钱扔在这种低水平的拳击赛上去。比赛场外围的位置如今都卖到了十五元一张，我想这个你应该很清楚。"

罗伯茨来了，又高又瘦的他看起来有些醉意，样子很是低迷，走起路来就像他说话一样，慢条斯理的。

凯利直奔主题。

"看这儿，罗伯茨，这就是你吹牛找到的那个小墨西哥人。卡尔塞的胳膊坏了。好吧，这个面黄肌瘦的小子今天居然厚着脸皮跑来，说他能代替卡尔塞。你倒是说说看？"

"这不是挺好的吗，凯利，"他说话慢吞吞的，"他能打好这场比赛。"

"以你的话，接下来你就要说他能够打败凡尼·华尔德了是吧？"凯利迅速地顶了他一句。

罗伯茨没有立即回答他，而是慎重地考虑了一会儿。

"不对，我可不能说这种话。凡尼·华尔德是个一等一的好手，他是拳王。不过，即便如此，他也不能一个回合就把里维拉打倒。我很了解里维拉。谁也无法使他慌张。我从来没见他慌张过。再说了，他还是个能使双手的拳击家呢。他能够随便从哪个方向一拳就把人打得头昏眼花。"

"当然，这些都是小事情。关键是，他能给观众带来些什么？你这一辈子，一直在培养和训练打拳的人，实话说，我很佩服你的眼光。可是，你能保证他能让大家看了觉得钱没白花吗？"

"这当然不成问题，而且，他还会把丹尼·华尔德弄得筋疲力尽。你是不了解这个小伙子。但我知道，所以我发现了他。他是个没有畏惧感的人。或者可以这么说，他简直就是个魔鬼。如果有人问你，你也可以说他是个魔术家。他那套自学的拳击，会让丹尼大吃一惊的，当然，也会令你和那些观众吓一跳。我不能说他一定会打败华尔德，但是有一点我可以保证，他一定会打得很出色，让你们知道他是一个很有希望的拳师。"

"好，"凯利转身对他的助手说，"给丹尼打电话。我先前对他说过，如果我认为合适，他就一定要出场。他现在正在黄石赌场那边寻欢作乐呢。"凯利说着转回到空调旁，对罗伯茨说，"喝一杯，怎么样？"

罗伯茨呷了一口掺有姜汁啤酒的威士忌，紧绷的神经这时才松弛下来。

"伙计，我还从来没告诉过你，我是怎么发现这小子的。那是在两年前，他游荡在我们的屋子外。我当时已决定让普拉耶准备好与迪兰尼对打。你知道的，普拉耶是个暴徒。他的天性残忍到极点，每一个陪练的人都被他打得惨极了，我四处寻找，就是抓不到一个愿意陪他练的拳击手。那天，我就注意到了这个在四周游荡、身材瘦弱的墨西哥小子。我当时也不管不顾了，想着只要是个人就行，于是就一把揪住他，给他戴上手套，然后把他推入了拳击场内。实话说，他的条件很好，比生牛皮还粗硬，唯一不足的就是身体太弱，而且他连拳击的最起码的知识都没有。不用想也知道结果，普拉耶把他揍得几乎不成样子。令我想不到的是，在他晕倒之前，居然还招架住了两轮残暴的比赛。他为什么晕倒呢？其实是他太饿了。他被打得几乎没有人样，我给了他五角钱和一顿饱饭。你们真应该来看看当时的情景，看看他当时是怎样狼吞虎咽的。在那之前，他已有两天没吃一口东西了。我猜想着打完那场拳击以后他再也不会来了。没想到的是，到了第二天，他又来了。尽管身体已经僵硬，而且疼痛不堪，他还是来为五角钱和一顿饱饭而拼命。后来，时间长了，他的拳越打越好。两年来，我发现他就是一块寒冰，从我认识他开始算，他说的话从来没超过十一个字，此外，他还帮我锯木头，打零工。"

"我见过他，"凯利的助手说，"他经常为你跑腿。"

"所有的好的拳击手都跟他打过，"罗伯茨接着说，"而且他从那些好手身上学到了不少东西。我知道他能打赢一些人。只不过他的心思不在这上面。我甚至想过他从没有喜欢过这项运动。他这么做好像只是为了混口饭吃。"

"几个月前，他才在地方小俱乐部里胜过几场。"凯利说。

"没错。我现在不明白到底是什么东西打动了他，让他一下子用心了。他一出场就把所有的本地拳手收拾完了。他好像特别需要钱，当然，他也的确赢了一点，虽然从他的外表上看不出来。他这个人脾性很古怪，没有人知道他的事情，也没有人知道他是怎么过生活的。甚至在他拳击比赛的时候，也是一打完就走，然后这一天就不见人影了。有时候，他也会一连好几个星期不露面。对于别人的劝告，他总是充耳不闻。我敢打赌，谁要能当上他的经理，准会发财，不过这种事情他压根不会考虑。当然，等到你跟他谈条件的时候，你瞧吧，他准会要现钱的。"

他们刚谈到这里，丹尼·华尔德正好走了进来。这简直就是大批人马，他的经理和教练也一块儿来了。丹尼就像一阵风刮进来一般，殷勤、和蔼，还带着征服一切的神气。他到处跟人打招呼，跟这个开个玩笑，对那个反驳一句。对所见的每一个人，他不是微微一笑，就是哈哈几声。这就是他的作风，当然，这里面只有一部分是出于他的真心。他是个十分懂得人情的人，他知道，在处世为人这方面，殷勤是最好的法宝。但这只是他的表象，其实骨子里他只是个谨慎、冷静的拳击家和生意人。那些人自然也很了解他，还有那些跟他谈过生意的人，他们都说，一遇到金钱的问题，他的真面目就会立刻显现出来。凡是遇到谈生意的时候，他都要亲自到场，甚至有的人说他的经理其实只是一个傀儡，唯一的作用就是替他开开口。

里维拉的为人则是大大的不同。他的血管里流着印第安人和西班牙人的血液；他一动不动地默默坐在后面的角落里，只有他的黑眼睛从这张脸扫到那张脸，注意着一切。

"原来是这么个家伙，"丹尼·华尔德一边说，一边用审视的眼光把他预计中的对手上下打量了一番，"你好，伙计。"

里维拉眼睛里冒着火，他一点儿也没有要理会他的意思。是的，他讨厌所有的美国佬。而对这个美国佬，他简直是一看见就恨得咬牙切齿。这在他也是很少有的情况。

"哦，我的上帝！"丹尼向老板开玩笑般提出了抗议，"你不会要我跟聋子哑巴拳击吧。"一阵笑声平息下去之后，他继续讥讽道，"如果这就是你找来的头等角色，想来洛杉矶一定也小得可以啦。你们究竟是从哪个幼儿园中把他找来的。"

"他可是个出色的小伙子，丹尼，这一点请相信我，"罗伯茨解释道，"他可并不像他的外表那样容易对付。"

"况且门票都卖出去一半了，"凯利也加入了劝说的队伍，"你一定得跟他打，丹尼。我们找不到再好的了。"

丹尼明显地很不在意，又轻蔑地端量了一下里维拉，然后叹了口气。

"我只好下手轻点儿了。但愿他能有命吃我一拳。"

罗伯茨不禁哼了一声。

"你可得小心点，"丹尼的经理警告他说，"别跟不熟悉的对手冒险，那可能会出大事。"

"知道啦，我会小心的，"丹尼微笑说，"我会一开始就把他掌握住，然后为了我的亲爱的观众，好好地照顾他。凯利，就这样打十五回合——然后来个杀手，你看怎么样？"

"当然可以，"这就是凯利的回答，"只要你能做的像真的一样就没问题。"

"那么我们来谈生意吧。"丹尼停了一下，心里开始盘算起来，"当然了，还是门票的六成半，就跟和卡尔塞拳击一样。不过这次我们的分法要有点不同。我得拿八成才合适。"他说到这里接着朝他的经理问了一句："你觉得怎么样?"

经理点点头。

"那么你呢? 同意这个分成法吗?"凯利冲里维拉问道。

里维拉头一晃。

"是这么回事，"凯利跟他解释说，"给你们俩的总报酬是门票收入的百分之六十五。因为你是新手，也就是所谓的无名小卒。所以，你和丹尼之间的分成法又按照你拿百分之二十，丹尼拿百分之八十进行分配。这是很公平的，对吧，罗伯茨?"

"很公平。里维拉，"罗伯茨也赞同，他说，"你想想看，你还没出名呢!"

"门票费的百分之六十五有多少?"里维拉问。

"哦，也许五千元，也许高达八千元，"丹尼插进来向里维拉解释，"大概就这么多。你那份总计将达一千元到一千六百元。跟我这样的著名拳师打拳简直棒极了。你觉得怎样？"

但里维拉的一句话，震惊了全场。

"钱全归胜者。"

然后，一片死寂。

"这就像从婴儿手上抢糖吃。"丹尼的经理叫道。

丹尼摇摇头。

"拳击这一行，我很清楚，"丹尼解释说，"当然，我并不是指责裁判或举办这场赛事的公司。我只是说那帮文绉绉的人，他们如果要耍个什么花招，我这样的名角可就麻烦了。所以，为了保险起见，我倒觉得这是理所当然的。也许在比赛中我会断根手指，你们说对吧？也许某个家伙偷偷塞给我一颗兴奋药，"他说着做出一副很严肃的表情，然后摇摇头，"无论是输还是赢，我都要拿百分之八十。你觉得呢，墨西哥人？"

里维拉没有说话，还是把头一晃。

丹尼的肺都要气炸了，这下，他终于暴露出真面目了。

"为什么？你这个墨西哥小垃圾！我恨不得马上打扁你的脑袋。"

"谁赢谁拿全份。"里维拉绷着脸重新说了一遍。

"你为什么一定要这样？"丹尼有些不明白。

"我能打败你。"里维拉很干脆地给了他答案。

这时，丹尼的上衣只脱下了一半。不过他的经理很明白，这只是一种要观众喝彩的伎俩。当然，丹尼的衣服并没有脱下来，因为他会赢得大家的安抚，人人都同情他。里维拉却孤立无援。

"看这儿，你这个小傻瓜，"凯利插进来说，"在这里你根本算不了什么。我们知道你在最近几个月里打败了几个小小的本地拳击家。不过丹尼可是第一流的。打完这场以后，下一次他就要夺锦标了。而你呢，你只是个无名小辈。洛杉矶以外的人，连你的名字都没有听过。"

"在这场比赛以后，"里维拉耸耸肩膀不屑地说，"他们就会知道了。"

"你居然想到你能打败我？"丹尼终于忍不住了。

里维拉点了点头。

"你好好考虑一下,"凯利继续劝说,"想想看,这等于在给你做广告。"

"我要钱。"这就是里维拉最后的答案。

"简直就是做梦,给你一千年的时间你也休想赢我。"丹尼肯定地对他说。

"既然如此,你为什么不同意呢?"里维拉反问说,"如果钱那么容易挣,你为什么不想办法挣到手呢?"

"哎,好吧!"丹尼忽然间信心百倍,他喊道,"我要在台上打死你,小子——你竟敢这么挖苦我。现在就把条件写下来,凯利。最后的钱都属于赢的那个人,把这个消息登到体育栏里宣传一下。告诉他们这是一场报仇的拳赛。我要给这个不知天高地厚的小子一点厉害。"

就在凯利的秘书正要写的时候,丹尼打断了他。

"等一会儿,"他转身向里维拉问说,"要称一下体重?"

"到拳击台外再称。"里维拉说。

"这可不是开玩笑的，小子。如果胜者通吃的话，我们上午十点必须称体重。"

"钱全归胜出的那个人？"里维拉问。

丹尼点点头，是的，他打算好了，就这么定了。他准备拿出全部的杀手锏来对付这个狂妄的家伙。

"那么十点称体重。"里维拉说。

凯利的助手重新拿起了笔，刷刷作响。

"你比他轻五磅，"罗伯茨抱怨里维拉，说，"你让步让得太多了，就这一点，你已输掉了。丹尼壮得像头牛。你这个傻瓜。他赢定你了。这下，你可没有一点儿指望了！"

里维拉一脸仇恨地望了他一眼，算是给他的答案。如今，就连这个美国佬他也瞧不起，虽然曾经他认为在所有的美国佬里面他是最正直的一个。

四

里维拉刚走上拳台的时候，压根就没有几个人注意。欢迎他的，只有那么几下零零落落的冷淡的掌声。首先，观众都不相信他，在他们的眼中，他不过是一只牵来让强大的丹尼亲手宰割的羔羊。再者，观众又很失望。他们本来希望能看到一场丹尼·华尔德和比里·卡尔塞之间的激战，如今却只好凑合着来看这个不上台面的新手。还有，他们对丹尼实在是太有信心了，已经在丹尼身上押了二对一，甚至三对一的赌注，来表示他们对这种变动的不满。而对于这些打赌的观众来说，他们的钱押在哪儿，他们的心也自然就向着哪儿。

里维拉坐在属于他的那个角落里等着。时间一分钟一分钟地慢慢拖延下去。看得出，丹尼是故意让他等着。这虽然是新鲜把戏，可是用来对付年轻的新手却很是见效。一般来说，年轻的新手这样一直坐下去，一边担着心事，一边还要看着冷漠无情、不断吸烟的观众，往往会生出一些畏惧感。不过很显然，这一次丹尼的诡计落空了。

罗伯茨说得没错，里维拉从来就没有慌张过。他比他们任何一个人的神经都更健全，比他们更有勇气，更沉着，他绝不会有这种神经过敏的情形。场内打赌他必然失败的气氛，丝毫没有影响到他。他的助手都是些陌生的美国佬。他们简直就是一群废物，是拳击比赛中最肮脏的垃圾，既无耻，又不中用。如今，他们显然是对他没有丝毫的信心，他们一脸颓丧，似乎已经预感到里维拉最终一定会失败的。

"现在，你可得小心点，"斯派德尔·海格尔特警告他。斯派德尔是他的主要助手。"你必须尽量拖长时间，这是凯利特意嘱咐我的话。否则，报纸上就会说这又是一场骗人的比赛，而且会在洛杉矶对这场比赛散布很多不利的新闻。"

很明显，这一切都不是鼓励他的话。不过里维拉并没有放在心上。他鄙视拳击，这是可恨的美国佬搞出来的一种可恨的把戏。之前，他之所以进入这个行当，到训练场里给别人当工具，只是为了填饱肚子。对于自己那不可思议的成绩，他觉得并没有什么。他恨这一行。直到他加入了委员会以后，为了挣钱他才去打拳击，他发现这种钱最容易赚。

他没有去分析这场比赛该怎样打。他只知道这一场他一定要赢，必须要赢。此外，不会有第二个结果。因为在他后面，鼓励着他坚持下去的，是这个拥挤的场子里的人所梦想不到的一种更强大的力量。丹尼拳击是为了钱，这样他可以用钱换来舒适的生活。可是里维拉拳击，却完全是为了那些在他脑子里燃烧着的东西，那是一种惊心动魄的幻象，一种不死的信仰。现在，他孤单单地坐在台上的一角，眼睛睁得大大的，一面等着诡计多端的对手，一面清清楚楚地看到了许多幻象，那些幻象如同是他亲身经历过的。

在这些幻象中，他看见里奥布兰柯河畔白围墙的水力发电站。他看见六千个工人挨着饿，面无血色，还有许多七八岁的小孩子，做一整天的工作，却只能挣到一毛钱。他看到了许多染坊里的工人，脸色惨白的如同死尸。他记起了他曾经听到他父亲把这种染房叫做"自杀洞"，只要在里面做一年工就会死掉。他看见了那个小院子。他母亲正在院子里烧饭，忙着粗杂的家务，还抽空来亲吻他一下。他又看见了他身材魁梧的父亲，父亲长着一脸大胡子，有着宽阔的胸膛，他比任何人都仁慈，他爱所有的人，他的心非常博大，因此那里面还能留一部分爱，留给妈妈和他这个在院子角落里玩耍的小淘气身上。那时候，他的名字并不叫菲利普·里维拉。他姓弗尔南德斯，这是他父母的姓。他的名字叫璜。后来，他自己改了姓名，因为他发现弗尔南德斯是那些警察局局长和宪兵们所痛恨的姓氏。

魁梧的，善良的霍亚金·弗尔南德斯！他在里维拉所见到的幻象中占有很大的地位。那时候他还不懂，现在，回头一看，他觉得自己懂得了。他好像又看见他在那个小印刷所里排字，或者在那张堆满东西的桌子上，无休无止地、急促地写着一行行不整齐的字。他又看到工人们在那些不可思议的夜里，偷偷摸着黑，像做坏事的人一样，来跟他父亲聚会，一谈就是几个钟头，而他这个小淘气则躺在角落里，其实很多时候，他并没有睡着。

幻象渐渐隐去，这时里维拉好像听见斯派德尔·海格尔特正在从遥远的地方对他说话："不要一开始就躺下。这是命令。挨一顿打，你就能多挣点钱。"

已经过了十分钟，他还在他那个角落里坐着。丹尼依旧没有露面，他很清楚，他要尽量让自己的诡计得逞。

这时，更多的回忆汹涌地流进了里维拉的脑海。那次罢工，或者说老板停业更为贴切，那是因为里奥布兰柯的工人支援了帕布拉的工人弟兄的罢工而引起的。那是一场史无前例的饥饿，大家跑到山里去找野果、树根和野菜，可那些东西一吃下去，肚子都疼得跟刀绞一样。还有那个更为悲惨的场景：公司商店前面的一片空地，成千上万饥饿的工人；罗萨利奥·马丁那兹将军，还有波尔弗里奥·狄亚士的军队；喷出死亡火焰的来富枪仿佛永远不停地射击着，仿佛工人们的罪孽永远要用自己的鲜血来洗涤。还有那个夜晚！他看见那些军车上，被屠杀的尸体高高地堆着，一辆又一辆的车向着维拉克路兹开去，那些刽子手要把这些死去的人们喂给海湾里的鲨鱼。

幻象在继续，接着，他又爬到了恐怖的死人堆上，他寻呀找呀，只看见父母被剥光了衣服的尸体，他们已经被砍得血肉模糊。他永远都不会忘记他妈妈那时的模样——

只有一张脸露在外面，她的身体被几十具尸体压在底下。后来，波尔弗里奥·狄亚士的军队又用来富枪砰砰射击起来，而他只得跳下来，如同一只被猎人追赶的小狗一样，快速地逃开。

吼声，一阵巨吼传进了里维拉的耳朵，如同海啸。接着，他看见丹尼·华尔德率领着他的一班教练跟助手，正从中央的过道走下来。场子里立刻沸腾了，观众都在欢迎他们所崇拜的必胜的英雄。人人都称赞他，人人都向着他。等到丹尼一脸骄傲地弯下腰，从绳子下面钻到台上的时候，就连里维拉的助手也跟着兴奋起来。丹尼的脸上频频露出一种十分亲切微笑，他笑的时候，脸上处处都在笑，甚至眼角和眼珠里都在笑。可以说，里维拉从来也没有见过这么和气的拳击家。他觉得丹尼的脸就像一面宣扬好感和友谊的流动广告牌。是的，在这个场子中，丹尼没有不认识的人。他隔着绳子向他的许多朋友逗趣，说笑，打着招呼。那些坐得较远一点的，也都抑制不住对他崇拜的心情，高声喊着："嗨，丹尼！"这种十分快活的、表示亲爱的热烈的欢呼，足足持续了五分钟。

没有人注意到里维拉。在观众的眼里，他似乎并不存在。

这时，斯派德尔·海格尔特的水肿的脸凑到里维拉的面前。

"别被他吓住了,"斯派德尔警告道,"记住命令。你得硬撑下去。绝对不能躺下。你如果躺下了,我们得到的命令是,在更衣室里弄死你。明白吗?所以,你现在能做的只有拼。"

场子里掌声响了起来。丹尼跨过拳击场来到了里维拉身前。他弯下腰,用双手握住里维拉的右手,极为热情地摇了几下,一张笑意融融的脸跟里维拉贴得很近。观众中爆发出一阵热烈的喝彩声,这是对丹尼运动家风度的一种赞美,是呀,他正在向弟兄一样亲热地招呼他的对手。这时,丹尼的嘴唇动了几下,观众因为没有听见,都认为这是一位很有风度的运动家的客气话,于是又大声喝起彩来。只有里维拉听到了他的低低的声音。

"你这个墨西哥的小崽子,"丹尼微笑的嘴唇里发出了嘘嘘的声音,"我要把你打得屁滚尿流。"

里维拉根本不为所动。他也没有站起来,只用眼睛表示了他的仇恨。

"站起来,你这个狗东西!"有人在绳子外面喊起来了。

观众觉得里维拉的行为没有运动家的风度，所以开始对他发出"咻咻"和"嘘嘘"的声音，可是他还是依旧故我，坐在那儿，一动也不动。等到丹尼跨过拳击场回去的时候，观众又对他报以喝彩。

场子迅速热了起来。丹尼刚一脱下衣服，就听到一片"啊！""哦！"的欢呼。他的身体简直棒得没话说，肌肉柔软、强健、有力，显得神气十足。他光滑洁白的皮肤，跟女人一样，身体十分优美的线条，充满了弹性和力量。他在过去的几十次比赛里，早已证明了这一点，而且所有的体育杂志都刊登过他的照片。

接下来是里维拉了，当斯派德尔·海格尔特从他头上剥掉他的汗衫时，只听见一种哼声。里维拉的皮肤黝黑，这让他的身体显得更加瘦。其实他也有强壮的肌肉，不过没有他的对手的肌肉那样让人惊叹。观众由于对他并不看好，所以并没有注意到他那宽阔的胸部。他们更没有料到的是他的肌肉纤维之坚韧，他的肌肉细胞的迅速反映，以及把他的全身变成一个出色的战斗机构的精密的神经系统。观众所看到的，只是一个棕色皮肤的十八岁的孩子，一副孩子般的身材。而丹尼完全不同。丹尼是一个二十四岁的男子汉，他的体格是男子汉的体格，他强大有力。所以，当他们一同站在台中央，听着裁判员的最后嘱咐的时候，这种对比就更加明显了。

里维拉观察到罗伯茨就坐在新闻记者背后。他醉得比寻常更厉害,因此,他说话的声音也更慢了。

"里维拉,放松,"罗伯茨拖长声调说,"记住,他杀不了你,他一开始就会冲锋,别慌。你只需让一下,立好足,钉牢在地。他不会打得很猛的,你只当他是在训练场上与你对阵就可以了。"

里维拉听清一切,不过他一点也没有露出听见了这些话的样子。

"这个阴阳怪气的小崽子,"罗伯茨朝着坐在他旁边的那个人念叨说,"他总是那副神气。"

不过,里维拉并没有露出他那通常的仇恨眼光。他的眼前,是一片由无数来富枪构成的幻象,这弄得他眼花缭乱。他尽量想从这片幻象上越过去,一直望到高高的票价一元的座位上。可是,观众席上的每一张脸都变成了来富枪。接着,他又看见了漫长的墨西哥边境,那里寸草不生,烈日当空,炙烤着所有的生物,他看见沿着这条国境线,有无数衣衫褴褛的人群,他们就是为了等待枪支,才留守在那里。

看到这些，他站了起来，在他的那个角落中继续等着。他的助手已经穿过绳子，爬了出去，随身带着自己的帆布矮凳。在四方形的拳击台的对角，丹尼正在盯着他。锣声一响，战斗就开始了。观众快活得狂呼起来。他们从来没见过一开头就这样动人的拳赛。报纸上说得很对。这是一场报仇的拳击。丹尼一下子就窜到了全台四分之三的地方，面对着他的敌手，他的打算，旁人一看就明白，他这是摆明了要吃掉里维拉。他不是一下子猛攻一拳，两拳，或者十拳。他的拳头好像转得飞快的轮子，像摧毁一切的旋风。显然，里维拉吃了一个大亏。他简直被这位拳场老手从各个角度、各个方向而来的一阵暴雨似的拳头给压制住了，淹没了。他垮了下来，背靠在绳子上，待到裁判员把他们分开，他又立刻被打得靠在绳子上。

这哪里是拳击。这简直就是扑杀，这是一场残杀。任何观众，除了押下赌注的以外，都几乎在头一分钟里紧张得耗尽了全部精力。丹尼的确显出了他的一切本领——不得不说，这真是一场精彩的表演。

丹尼的强势表现，让观众太自信了，也太兴奋、太偏袒了，因此，他们竟然没有注意到那个墨西哥人还好好地站在那里，他们已经把他忘掉了。他们几乎看不见这个人，因为丹尼的近乎杀人的攻击已经把他完全给淹没了。这样的局面大概持续了一分钟，两分钟。等到裁判员把他们拉开的时候，他们才清楚地看到了那个墨西哥人。他的嘴唇破了，鼻子也在流血。当他转过身来，摇晃地过去跟丹尼扭到一起的时候，人们发现，在他的背上，因为频频靠着绳子，所以留下了一条条的血印。只是，观众忽略掉了他一起一落的胸膛，也没有在意他的眼睛还是和之前一样冷冷发光。他们不知道，在过去训练场的残酷战斗里，不知有多少雄心勃勃的拳手都在他身上练习过这种杀人的攻击。在这种从一次半块钱到一星期十五块钱为代价的生活里，他学到了怎样对付这类猛攻的经验——这是一所严酷的学校，他受到了严酷的训练。

所以接着，一件惊人的事情发生了。旋风似的，令人眼花缭乱的混战突然停止了。里维拉独自一个人站在拳台上。而丹尼，那个勇不可当的，不可一世的丹尼，却仰面朝天地躺下了。当他的知觉用尽全力要恢复过来的时候，他的身体已经抖作一团。他不是摇摇晃晃地倒下去的，也不是直挺挺地如同慢动作般躺下去的。里维拉的左拳突然向他右面死命一击，好像把他从半空中打了下来，裁判员用一只手把里维拉推到后面，就站在倒下去的格斗家丹尼面前，一秒一秒地数着。这样干脆利落地一拳把对方放倒，按照以往的惯例，看拳击比赛的观众是应该喝彩的。可是这些观众并没有喝彩，因为这件事太出人意料了，他们根本没有一点儿的准备。气氛变得紧张起来，观众在沉寂中注意着报秒的声音，只有罗伯茨的欢呼声打破了这一片寂静。

"我跟你们说过，他是个双手拳击家！"

当裁判数到五秒时，丹尼的脸抬起来；七秒时，他单腿跪起；刚数过九，他就已经站了起来。如果在裁判数到十时，他的膝盖还没有离开地面的话，他就要被判为倒地，并且输掉这场比赛。反过来，只要他的膝盖一离开地面，那么他就算是站起来了，当然，在丹尼刚离开地面的这一刻，里维拉可以再次出击，把他打倒在地。但是，里维拉却没有得到这个机会。因为丹尼膝盖离地的那一刻，里维拉原本是打算要再给对方一拳。可他转了一圈，根本找不到空当下手，因为裁判在他和丹尼中间转开了圈子，里维拉心里明白，事实还不仅如此，就是在读秒时，裁判都读得特别慢。他明白，所有的白人都不愿意胜利的一方属于他，裁判也一样。

九这个数字刚数完，裁判就将里维拉狠狠地往后一推，对于比赛来讲，这很不公正。就是这一推，让丹尼有了站起来的机会，于是，微笑又重新回到他的嘴边，他弓着身子，用手捂着脸和腹部，很聪明地跌撞两下，之后，他趁机一把抱住里维拉。根据所有的比赛规则，这个时候，裁判应上前制止这种举动才是，但裁判动都没动。丹尼像被大浪打晕的人，搭在里维拉身上不下来，因为只有这样，他的体能才能一点一点地复苏过来。这一回合一分钟后就结束了，这一分钟跑得飞快。如果丹尼挺过这一分钟，那么他就可以在他的角落里获得整整一分钟的休息时间，这一分钟足以让他恢复体能。这是最后一分钟，他挺住了，并以微笑度过了这千钧一发的时刻。

"微笑永远属于丹尼！"有人高声大喊着。观众大大地吐了一口气，然后爆发出一阵大笑。

"那臭小子的一拳真是厉害。"丹尼回到自己那个角落，喘着气对教练说。助手们连忙为他按摩擦汗。

第二回合和第三回合都打得很平常。

丹尼是个狡猾老到的拳场老将。他采取拖延、抵挡以及贴住对方不放等战术，极力使自己从刚才被打晕的那一拳中恢复过来。到了第四回合，他恢复了元气。虽然他之前受到了里维拉猛烈的打击和震动，但是他天生良好的体质又使他恢复了精力。这一次，他放弃了杀人的战术。因为他发现，这个墨西哥人原本就是个野蛮的家伙，所以他换了个法子，尽量发挥他最好的拳击本领。

毕竟，丹尼是个久经战场、诡计多端、拳术高强、经验丰富的老手，他虽然不能一拳把对方打倒，可是他已经开始有计划的用疲劳战术来攻打他的对手。里维拉打他一拳，他会反攻三拳，不过这只是想把对方拖垮，并不是致命的回击。只有这样打了无数拳以后才会让对方致命。他很佩服这个左右开弓的不知底细的墨西哥人，他有用双拳快速出击的惊人本领。

为了抵抗丹尼的快拳，里维拉打出了一种难以对付的左直拳，他不停地出攻，左直拳直打向丹尼的嘴和鼻子。但丹尼是个多面手，他的战术变幻莫测，这就是为什么他会成为冠军的原因。他战术多变。现在他拼命打贴近战，他打得棒极了。这种战术可躲避对方的左直拳。他的战术一次又一次引起了全场观众的一再热烈欢呼。只见他用一记漂亮的锁拳砸下去，然后曲臂挥拳向上猛地一击，那墨西哥人马上被打飞到半空中，然后摔倒在地上。里维拉单腿跪在地上，动也不动，裁判在为他数秒数，他心里很明白，裁判在给他读秒时，数得特快。

如此，在第七回合里，丹尼又得到了一个极恶毒的机会，他一个凶猛的曲臂挥拳向上，这一拳只把里维拉打得摇晃，站立不稳。不过，里维拉并没有倒下去，他只是被打得倒退了两步。紧接着，丹尼又趁里维拉猝不及防之时，将里维拉打飞到绳栏外去了，砸到了下面记者们的头上。记者们又把他推到绳栏外的拳击台边上。于是，他就单膝跪着休息。裁判员一秒一秒地急急数着。眼下，里维拉必须穿过绳子，钻到里面去，可是丹尼就在绳子里面等着他。现在，那个裁判员既没有干涉，也没有把丹尼推到后面。

场下的观众炸开了锅，兴奋一团。

"打死他，丹尼，打死他！"有人喊道。

吼声越来越猛，后来简直成了一片鬼哭狼号。

此时的丹尼正处于巅峰状态。但是，就在裁判员刚数到八还不到九时，里维拉闪电般地钻过绳栏，一下子扭住对方。这时裁判快步走上前，把里维拉拖开，让他处于被打位置，这给丹尼创造出了一个很好的战机。一个黑心裁判所能做的一切，这个裁判员全做到了。

里维拉奇迹般地挺过来了，他的脑子也清楚了。他明白，他们都是一样的。他们都是一样可恨的美国佬，他们从未实施过真正的公正。在他的脑海里，那些最痛心的情景仍然频频浮现——长长的铁轨在沙漠的酷热中慢慢延伸；农夫与美国警察，监狱与拘留所；趴在空水槽上的流浪儿——眼前浮现的全是他离开里奥布兰柯和那次罢工之后，一路漂泊时所看到的种种污秽痛苦的景象。接着，他看到了光辉灿烂、席卷祖国的伟大的红色革命。枪就在他眼前。每张憎恶的脸就是一支枪！他是为枪杆子而战的。他就是枪杆子。他就是革命。他是在为全墨西哥的人民而战。

很明显，里维拉把观众惹火了。观众开始对里维拉发怒了。他为什么不接受给他指定的失败呢？当然，他是要失败的，可是他为什么要这样倔强呢？只有极少的人对他发生兴趣，这些人在赌徒里占有一定的比例，他们专门押希望渺茫的赌注。他们相信丹尼会赢得最后的胜利，可是他们仍然以四对十和一对三的比例，把钱压在这个墨西哥人身上。当时，大多数的人都在赌里维拉能坚持几个回合。从押赌的钱上看，绝大多数人认为墨西哥人至多能挺到七回合。甚至有人认为他只能坚持六回合。现在赢了的人，既然他们的冒险已经侥幸成功，在金钱上没有出入了，于是就一起来给那位拳场的红人丹尼喝彩了。

但里维拉没有倒下，第八回合中，丹尼竭力想再来一次从下向上击的拳法，可是枉费气力。在第九回合中，里维拉的表现令所有看客大跌眼镜。他俩扭在一起，突然他轻灵地往边上一蹦，解开纽扣，在两人之间那贴近的缝隙里，他突出右手，从腰部向上猛击一拳。丹尼当场倒地，一动不动地任由裁判读秒。大家都给吓呆了，里维拉以其人之道还治其人之身，他现学现用，用丹尼的右手上勾拳，然后击在丹尼的头上。当数到九时，丹尼站起来了，里维拉不再准备补上一拳，因为裁判员公然站在他们的中间，这很明显是防止他的进攻的。当然如果事情反过来，如果里维拉趴在地上，准备站起来的时候，裁判员准会远远地站着。

第十回合比赛中，里维拉两次使出右手上勾拳。从对手的腰部一直打到下颌。丹尼要拼命了。虽然他脸上仍然带着微笑，可是他已经重新用起他的吃人战术来了。丹尼的拳头像旋风一样，却挨不上里维拉的身。里维拉尽管眼前一片模糊、晕眩，还是接连三次将丹尼击倒在地。丹尼恢复得已经没有之前那么快了，到了第十一回合，他的情况就很严重了。

不过也正是从这时起，直到第十四回合，丹尼开始使出了拳击家的一切本领。他闪着、挡着、省力地斗着，精心积存自己的体能。作为一个老练的拳击手，他知道如何犯规却又不会让人看出。他耍出的每个诡计与花招，都是在两人扭在一起时，所以从表面上看像是无意而为。他把里维拉的手夹在自己的腋下，却把自己戴手套的手顶住对方的嘴，屏住他的呼吸。此外，他还常常在扭成一团的时候，用他那满是鲜血带笑的嘴，对着里维拉的耳朵，说出许多下流不堪的侮辱他的话。只是场中的每一个人，从裁判员到观众，他们都向着丹尼，帮着丹尼。他们自然都知道他在打什么主意，他虽然给一个无名小卒的这套惊人拳法打败了，他还是在集中一切力量，准备做最后一击。为了给自己找到一个合适的契机拼尽全力打上一拳，借以扭转局面，他甚至故意让自己挨打。他时而试探，时而佯攻，时而诱敌，对准里维拉的腹部和颚骨双拳频发。他坚信自己能够办得到，因为他是以臂力大出名的拳师，只要他还站得住，他的两只胳膊就有这样不可动摇的力量。

里维拉的助手们在两回合比赛的空隙时间里，假心假意地照顾他，他们手上拿的毛巾只是做样子，一点都没为他气喘如牛的肺部扇进一点空气。斯派德尔·海格尔特也来忠告他，可是里维拉知道那些都是不能听信的。每一个人都在反对他，他陷入了阴谋的包围之中。

在第十四回合中，他又打倒了丹尼，裁判员数数的时候，他垂着双手，站在那儿休息。从对面的角落里，他听到了可疑的私语。他看见凯利走到罗伯茨那儿，弯下腰在悄悄说话。里维拉的听力很是了得，他曾在沙漠里受过锻炼，跟猫一样灵敏。他竖起耳朵，听到了几句不连贯的话。他想多听一点，所以，等到他的对手站了起来，他就乘势扭到一块儿，靠在绳子上面。

"必须这样做。"他听见凯利说，罗伯茨点点头。"丹尼一定得赢——否则我要输一大笔钱。我压了很大的赌注——我自己的钱。如果他撑过了第十五回合，我就要破产了。伙计，这家伙会听你的话，所以，你去想点办法。"

里维拉不用看也知道是怎么回事。他们都想玩弄他。他再次把丹尼打倒在地，然后站在那里不动，双手垂在两边。这时，罗伯茨站起身来。

"够了，回到自己的角落去。"罗伯茨如是说。

他的声音很冷峻，就跟他平时在训练场上与里维拉说话的腔调一样。但里维拉目光如刀地盯着他，等待着丹尼从地上爬起来。就在里维拉回到自己角落休息一分钟的空当，凯利，那个主办人，上前来了。

"你要躺下去！你这个该死的东西，"他的声音很尖利，不过他努力把声音压得很低，然后一脸怒气地继续说，"你得倒下去，里维拉，听话，我会给你一个好前程的。下次我一定会让你打赢丹尼。不过这次，这次你必须输。"

里维拉的眼神表明他听得一清二楚，可他的表情既看不出同意，也看不出不同意。

"你为什么不说话?"凯利愤愤地问道。

"你反正输定了,"斯派德尔·海格尔特帮腔道,"裁判员是不会让你赢的。听凯利的话,快躺下吧。"

"躺下,小家伙,"凯利已经在恳求他了,他说,"我会帮你夺到锦标的。"

里维拉依旧没有说话。

"我一定会帮你夺到锦标的,你就算帮我个忙吧,小家伙。"

锣声响了,里维拉似乎预感到要出什么事情。只是观众可没有这样的预感。究竟有什么危险,其实他自己也不知道,不过他可以肯定是台上跟他有关系的事,而且已经事到临头。丹尼好像又有了先前那样的把握。他的大胆进攻令里维拉心里一惊。

这里面一定有鬼。这是里维拉的第一个想法。这时丹尼已经冲了过来,里维拉不跟他交手。他闪到了一边比较安全的地方。丹尼一心要跟他扭到一起。这好像是那套鬼把戏里不可少的一步。里维拉向后一退,避开了,可是他知道,他们迟早是要扭到一起的,丹尼的那条诡计总会有机会得逞的。里维拉把心一横，做出一个很冒险的决定，他要把丹尼的诡计引诱出来。所以，他装作要在丹尼再冲过来的时候跟他扭在一起。可是，到了最后一刹那，就在他们的身体要碰到一起的时候，里维拉迅速地猛然向后一退。就在那一刹那，丹尼的那个角落里大喊出一声"犯规"。

他们谁也没有料到，里维拉会有这么一招，他把他们骗过了。裁判员迟疑地停顿了一下。他的话已经到了嘴边，不过始终没有说出来，因为楼座里传来了一个小孩尖叫的声音，"无耻！"

丹尼被惹恼了，他开始公开咒骂里维拉了，他直逼过去，里维拉再次跳开了。此时，里维拉已决定不往他身上打了。虽然这会丢掉一半取胜的机会，但他明白，要想取胜，他现在能做的一件事，就是远距离作战。因为只要有一点儿空子可钻，他们都会撒谎说他犯规。

如今，丹尼明显是在拼命了。接下来两回合，他向里维拉猛攻。里维拉在避开时一次又一次被击中，他挨了几十拳。丹尼的八面威风，又重新燃起，看客们全部发狂地站起来。他们什么都不懂，只断定他们倾心的拳击手终于要打趴对手了。

"为什么不上呀？"看客全都朝里维拉疯号着，"你这个狗杂种！小崽子！上呀，你这个黄狗，杀呀！宰了他，丹尼，宰了他！你能一脚踢烂他！"

整个赛场，所有的人都在疯号大叫，只有一个人除外。那就是里维拉。此时，里维拉的头脑仍冷静地运转，他沉着地傲立于群情激动之上。从性情及血统来说，他的心灵，充满最高的激情，但他已体验过最狂暴的场面。这一万张大嘴汹涌而出的吼声，就像是暴风中的大海，一个浪潮腾起一个更高的浪潮，全都朝他扑面打来。不过这一切在他的感官中，反倒如初夏晨露中的一丝凉风。

进入第十七回合，丹尼再次振奋，一记重拳击中了里维拉。被击中的里维拉开始往下直坠，晃晃悠悠地往后倒，两手无力地在虚空中晃荡着。

"哈哈，这下他可完蛋了，这小子已经逃不出我的手心了。"丹尼在心里暗自兴奋着，这下他开始放松了。

不过这一切都是假相，为的就是让对方放松。刹那间的工夫，里维拉的拳头如同闪电连连挥出，直砸向对方的嘴，丹尼倒下了。当他再次站立起来时，第二拳、第三拳又猛地砸向他的颈子和下巴，紧接着第四拳、第五拳、第六拳密集砸下。不管是哪个裁判员在这个时候想说犯规都不可能了。

"喂！比尔，比尔。"凯利向裁判员恳求道。

"不，"裁判员满脸悲伤，"他不给我一点儿空当。"

丹尼被打得落花流水，但他还是很顽强地想要站起来。凯利以及拳击台附近的人开始叫喊，要警察过来阻止这场比赛。虽然丹尼这方拒绝就此休战，但里维拉看见那胖警察已开始很困难地爬越过绳栏，他不清楚这将意味着什么。里维拉唯一清楚的是，在与这些白人的比赛中，卑鄙的手段简直太多了。这时，丹尼终于站起来了，他踉踉跄跄，已经毫无还手之力，等到裁判和警察来到里维拉面前时，他挥出了最后一击。现在已经不需要有人来中止这场比赛了。因为丹尼再也爬不起来了。

"数呀！"里维拉哑着嗓门，朝裁判员大喊。

当秒数读完后，丹尼的助手们迅速跳上台来把他架起来，然后退到属于他们自己的角落。

"谁赢了？"里维拉问。

裁判员没有说话，只是很不甘心地抓起他戴着手套的手，然后往上举了举。

　　里维拉赢了，但是没人向他祝贺。他独自一人走回到自己的角落。在他的角落里，助手们还没有给他放好凳子。他便背靠着绳栏站着，用他仇恨的眼光一一看过他们，然后又把这仇恨的眼光向周围扫过去，直到他把全场的美国佬看了个遍。他的膝盖在下面抖着，他已经筋疲力尽，无声地抽噎着。一张张可恨的脸孔在他面前来回晃着，直把他晃得头晕，想要呕吐。这时，他突然想到自己站在这里的使命，于是，这一张张可恶的脸立马变成了枪杆子。不错，他们是枪。现在这些枪是他的了，革命可以进行下去了。

印第安女子

突然，帐篷的门帘被顶开了，一个狼头般的东西伸进来，它的双眼旁结着一层白霜，仿佛一副沉思的模样。

"嘿！去，西瓦希，去，鬼家伙！"帐篷里的人一起怒喝道。贝特斯拿起铁皮盘子，照着那只狗头狠敲了一下，它连忙缩了回去。路易斯重新又把门帘绑好，抬起脚来将那口平底锅踢翻在地，然后靠在炉子上烤着手。

外面真是冷极了。

就在两天两夜前，酒精温度计停到 $-68℃$ 时，碎裂了，之后，天气便越来越冷、越来越难过。这种极寒天气何时才能终结，谁也说不准。除非万不得已，不然，谁都不想离开火炉半步，是啊，没有哪个人愿意去呼吸户外的寒气。不过还是有些人不得不在这种天气出行，其结果就是冻坏了肺，之后便不断干咳，特别是当闻到煎咸肉气味时咳嗽得就更厉害了。再后来，到了春天或夏天的某一日，人们就在已经冻死的黑土地上烧开一个洞，把那人的尸体扔进去，再用苔藓盖在上面。相信如果到了世界末日，这个冷冻的、完整的、从未腐烂的死者就会复活过来。所以，对于那些不相信到了世界末日肉体会复活的人，最好把他葬在克朗代克。只是，你不能以此来推断，这个地方就是宜居之地。

此刻外面冷气彻骨，可屋里面也并不温暖。房间里，唯一可以被当作家当的，也只有那个炉子了，大家对它的宠爱之情溢于言表。地上有一部分面积铺着松枝，松枝上盖着皮褥子，而下面就是冻雪。剩下的地方，则放着用鹿皮袋盛的雪，此外还有一些锅、陶罐，以及北极帐篷中所需的一切用具。

此刻，炉子烧得通红，但不到三尺之外的地上，就有一块冻冰，锋利干爽得就和刚从河底采来时一样。帐篷里面的寒气直逼得热气往上升。炉子顶上，也就是烟囱穿过帐篷的地方，有一小圈帆布是干燥的；外面的一圈帆布上则环绕着烟囱喷着热气；再往外就是一个湿漉漉的圈子了；此外，帐篷其他的地方，无论是篷顶还是四壁，都蒙着一层亮白、干燥、大约有半寸厚的、结晶般的浓霜。

"哎哟！哎哟！哎哟！"一个脸上长满胡须且脸色惨白的年轻人躺在皮毯子里，睡梦中的他正发出阵阵呻吟。他睡得很沉，不过呻吟声却是越来越高，越来越惨。之后，他从毯子底下半撑起身子，痉挛地颤抖着、瑟缩着，就好像床上铺满了刺一般。

"去给他翻个身，"贝特斯命令说，"他这是在抽筋。"

于是，六个善良的汉子，只得残忍地把那人的身子折腾来倒腾去，然后又重重地给他捶打了一遍。

"这真是一条该诅咒的路，"那人一边呢喃着，一边掀开皮毯子坐了起来，"我几乎跑遍全国，一年多的时间，什么艰苦的地方没去过，以前我总以为自己已经很棒了，可如今一到这个鬼地方，我倒成了一个跟娘们似的雅典人，真是一点男人气概也没有了。这真是想不到。"

说到这里，他向火炉凑近一些，卷了一根烟，然后接着说，"我这么说并不是在抱怨。这些苦头，我还是吃得了、扛得住的，只不过觉得很丢面子，就这么回事。想想看，在这么一个该死的三十英里站上，我就垮掉啦，浑身僵硬不说，而且还又酸又疼，活脱脱一个弱不禁风的公子哥在乡间路上走了五英里路一样。唉！想想就觉得丧气！有火吗？"

"你可别激动，小伙计。"贝特斯说着把一根点着火的木头递给他，然后用一副江湖老手的语气继续说下去，"你会慢慢适应的。我当然知道你现在难过得要发狂！我自然也忘不了我头一遭走这条路的情形！冻僵啦？哈，我也是一样的。记得那个时节，我每次从冰窟窿里喝够了水，总要花上十几分钟才能站起来——浑身的关节都在咯嘣咯嘣地响，真是疼得要命。说到抽筋，当初我碰上这种情形时，整个帐篷里的人在我身上捶了大半天，我才算缓过来。所以说你这新手已经很不错了，算是一条汉子了。我相信，再过几年，你肯定会赶上我们这帮老头子的。再者说你长得也不太胖，要知道有很多身强体壮的人，都是因为太胖了，以致还没到年纪就回了老家。"

"胖？"

"是啊。就是块头大的意思。你要知道，走雪路时块头太大可不是一件幸运的事。"

"这我倒从没听说过。"

"从没听说过？嗯？这可是大家都知道的事。要讲力气，块头大自然是占上风，但要说到耐久，块头大就不见得啦。这种事情只有小个子才能吃得起苦，顶得住，如同一条瘦狗盯住骨头就不放口一样。所以说，小伙计，要讲耐性，光靠块头大可不成！"

"这话没错！"一旁的路易斯也插嘴道，"说得很有道理！我就认识一个人，块头大得像公牛。那时，当我们一起拥向硫黄河时，他跟一个叫麦克范的小个子是一路。那个麦克范，你们都认识的，就是那个红头发，总是咧着嘴笑的爱尔兰小伙子。他们两人一路不停地走，不分昼夜地赶路。后来，那个大块头就累倒了，在雪地里躺了老半天。然后那个小个子就踢了大块头一脚，大块头突然就哭起来了，哭得就像个，怎么形容呢——对啦，就像个小鼻涕虫。于是，那个小个子就这么一路踢呀踢的，不知用去了多少时间，走了多长的路，总算是把那个大块头踢到了我的木房子里面。三天三夜啊，他在我的毯子里足足躺了三天三夜才爬起来。说实在的，我可从没见过他那样的大块头。真是一辈子都没见过。他就跟你说得一样，就是太胖了。所以说你这话确实不假。"

"可冈德森呢，"普林斯说。说到那个高大的北欧人和他的惨死，留在这个采矿工程师心中深深的印迹至今无法抹去，"他就埋在那儿，就是那边吧。"他说着，便举起手来指向神秘的东方。

"那些到海边去的人，抑或是那些猎麋鹿的猛士中，数他的块头最大，"贝特斯也插进来说，"他确实是与众不同。你们还记得他老婆吗，就是恩卡？她多说也不过一百一十磅重，浑身都是健壮的肌肉，几乎没有一点脂肪。但是她比她的男人更强韧。为了他，她可谓吃尽了苦，一心一意地关心、疼爱他。可以说，这世上的事，只要她肯，就没有她做不到的。"

"这也只是因为她爱他。"工程师反驳道。

"我不是说这个。那……"

"喂，兄弟们，"坐在食品箱上的查理这时打断了他们的话，"你们说到了男人的肥肉、女人的强韧、还有爱情，不错，你们都说得很公道。不过我倒想起了此地的另外一件事，那时这里还是荒无人烟的地方。我跟一个又高又胖的男人，还有一个女人，有过一番不同寻常的经历。我记得很清楚，那女人个子很小，不过她的心却比那个高胖男人的心高尚许多，她很坚韧。那时，我们往海边去，路况简直糟透了，天气极冷，雪也很深，大家都饿得快受不了了。这个女人的爱情是一种高尚的爱——一个好汉如果这样称赞女人的爱，那也算得上至高的褒奖了。"

说到这里，查理停顿了一下，顺手用斧头劈碎了一大块冰。然后他把碎冰放到炉子上淘金用的锅里，化成水用来解渴，这时，大家往里挤了挤，那个正抽筋的人似乎也在徒劳地往前使劲，试图让自己僵硬的身体舒服一点。

"兄弟们，虽然我的血管流淌的是西瓦希人的鲜血，但我的心是白人的心。第一点首先要抱怨我的老祖宗，第二点便是我朋友们的功绩。当我还是个孩子时，就明白了一个大道理。我听说，大地是属于你们和你们这类人的。西瓦希人抵挡不住你们，所以只得像麋鹿跟熊一样，在冰天雪地里丢了性命。就这样，我跑到了温暖地带，认识了你们，并建立了感情，坐在你们的火堆边，瞧，如今我变成你们中的一员了。回想我的一生，见识也不少，我和很多种族的人去过很多地方。我总是按你们的方式来对事看人，考虑问题。所以，当我谈到你们当中的一个人并说了不好听的话时，我知道你们一定不会怪罪我。自然，当我称颂我的一个同胞时，你们也一定不会说什么'查理是个西瓦希人，他的眼光有问题'之类的话，对吗？"

这时，在座的人们都在喉咙里咕哝了一声，以此表示赞同。

"这个女人叫做帕苏克。我是从她亲人那儿，用公平的价钱把她买来的。他们都是海边的人，他们的契尔凯特图腾就竖立在一个海岬上。起初，我并没有把她放在心上，也没有注意过她的相貌。因为她的眼睛总是低垂着看向地面，和那些给扔到她们从来没见过的男人怀里的姑娘一样，她又羞又怕。我刚才说过，我没把她放在心上，因为当时我想到的只有我要走长长的路，需要一个人来帮我喂狗，再者在河上长途漂泊我也确实很需要一个人来帮我划桨。况且，一条毯子也可以盖两个人。因为这种种原因吧，所以，我选上了帕苏克。

"我不记得有没有跟你们说过？我是给政府当差的人。如果没有，那么你们现在也知道了。就这样，我带着雪橇、狗和干粮，还有帕苏克，一起乘上了一艘军舰。军舰向北行驶，一直开到白雪皑皑的白令海边，我们在那儿登陆——我跟帕苏克，还有我的那些狗。因为给政府当差的缘故，政府给了我一笔钱，还有几张地图，但那上面的地方谁也不曾去过，此外还有几封信。不过这些信都是密封的，而且封得很巧妙，就算再大的风雪也不会破坏到它，我需要把这些信送给困在茫茫的麦肯齐河冰块当中的北极捕鲸船。

除了我们自己的育空河——万河之母以外，我还从来没见过这样的大河。

"不过，这些都暂且不提了，因为我要讲的，跟捕鲸船和我在麦肯齐河边度过的严冬都无关。我要说的是后来，春天来了，白昼也变得长了起来，雪面开始融成了一层冰，我们——我和帕苏克，便向南走，我们要走到育空河一带去。这段路十分难行，好在有太阳给我们指路。我说过，这个地方当时还是一片荒凉的平川，我们便撑起篙，划着桨，溯流而上，一直划到四十英里站。在那里我们又看见了白人，这可是一件很让人兴奋的事情，于是我们上了岸。那个冬天真是很难熬。阴森森的天和逼人的寒气几乎要击垮我们，而那时恰巧又赶上闹饥荒。公司的代理人分给每个人四十磅面粉、二十磅腌肉，但是没有豆子。没有食物，拉雪橇的狗开始嗥个不停，大家的肚子也都凹了进去，脸上全是一道道深陷的褶皱，健壮的汉子变成了虚弱不堪的人，而那些原本就体弱的人就归天了。当时还有不少人得了坏血病。

"到了后来，一天夜里，大家一起来到商店里，可里面的货架上也早已空空如也，那种场面更是令我们感到饥饿。借着炉火，大家开始低声谈论起来，最后决定要把蜡烛藏好，留给活到春天的人。我们还商量着，决定先派一个人到海边去，把我们当时遭遇的境况告诉外面的人。就在这时，大家的目光突然全射到我身上来，因为他们每个人都清楚我是个行路高手。当时我就说，'沿着海岸前往汉因斯教区，总共有七百英里路，而且每一英里路都要套上雪鞋才能走。所以，如果你们能把你们最好的狗和最好的粮食给我，那么我便愿意跑一趟。不过，我需要帕苏克同我一道走。'

　　"我提出的这些条件他们全答应了，但有一个人站了起来，他叫杰夫，是个美国佬，身高体壮，还很傲气。他说他也是个优秀的行路老手，而且生来就善于在雪中行走，他还是吃水牛奶长大的。他说他愿意跟我一起去，如果我在路上不行了，他就会把信带到教区。当时的我还比较年轻，对美国佬还没有多少了解，哪里知道说大话的人都不可信呢？哪里知道心高气傲的美国佬通常都是金口难开呢？就这样，我们三个人——帕苏克、杰夫和我，就带着几只最好的狗和最好的粮食一起上路了。

　　"当然，你们都曾在雪地里当过开路先锋，扳过雪橇的舵杆，也见惯了拥挤的冰块，所以我就不用再谈路上的艰险了。我们就这样上路了，有时一天走十英里，有时一天走三十英里，不过大多数都是一天十英里。其实说是最好的粮食，也没有多好，由于食物有限，我们一开始就得省着吃。同样，那些挑出来的所谓好狗也都不中用，我们需要花很大的力气才能使它们前进。刚到白河，我们的三辆雪橇就变成了两辆，而我们却只走了两百英里路。好在我们没浪费什么，那些丧命的狗全部成了那些活命的狗的食物。

"一路上，我们既没听到一声来自人类的问候，也没看到一缕炊烟，在荒无人烟的雪地中我们一直走到佩利。本来我是想在那儿补充一点粮食的，并且打算把杰夫留在那儿暂作修养，因为他总是喘个不停，我知道他已经走得太累了。但是那里的公司代理人也不健康，他咳嗽、气喘得很厉害，病得两只眼睛直放绿光，而且他的地窖也差不多空空如也了。他带我们看了一下传教士的空粮窖以及那里的坟，为了防止狗去挖，坟墓上面堆满了石头。此外，那儿还有一伙印第安人，但是没有小孩和老人，不用想也能知道，他们当中没几个能挨到春天。

"所以，我们只好空着肚子，揣着一颗沉重的心再次上路了，前面还有五百英里，而在我们和海滨的汉因斯教区之间，是一片死寂。

"那是一年里的极夜时期，即使在正午，太阳也没冒出南方的地平线。不过冰块少了一点，路也好走了一点，我们驱使着狗，从早走到晚。我说过，在四十英里站，每一

英里路都要套上雪鞋来走。雪鞋把我们的脚磨烂了几大块，
冻疮破了，结了疤，怎么也好不了。严重的冻疮搞得我们
越来越受不了，有天早上，我们套上雪鞋时，杰夫像小伢
一样哭了。我叫他在一辆轻一点的雪橇前面开路，可是他
为了舒服，脱下雪鞋。这样，路就不平整了，他的鹿皮鞋
踩得雪上尽是大窟窿，害得那些狗全陷到窟窿里打滚，骨
头已快要戳破它们的皮了，这当然不好。因此我说了几句
狠话，他嘴上虽然答应了，可并没有做。后来我就用狗鞭
子抽他，这样才解决了问题。他简直是个小孩，是煎熬和
一身肥肉改变了他。

"可是坚强的帕苏克！每当这个男人躺在火旁哭时，她
总是忙着做饭；早晨她总是帮我套上雪橇，晚上又解开雪
橇。她很爱护狗。她总是走在前面，提起套着雪鞋的脚，
踩在雪上，让路可以平整一点。帕苏克——我该怎么说才
好呢？——我只觉得这是她分内的事，我一点也没放在心
上。因为我脑子里有许多别的事情在打转，再说，当时我
还年轻，不懂女人的风情。后来等到事情过去，回头一想，
我才懂了。

"那个男人后来差不多一无是处。那些狗已经没有什么
劲了，可每逢他掉队，就要偷乘雪橇。帕苏克说她愿意驾
一辆雪橇，这样那小子就没事干了。早晨，我公正地分给

他一份粮食，让他一个人先行，然后由帕苏克跟我一同拆帐篷，把东西装上雪橇，把狗套上。等到中午，太阳和我们捉迷藏时，我们就已经赶上那个男人，看见泪水在他脸上结成了冰，接着，我们就超过了他。晚上，我们搭好帐篷，把他的那份粮食放在一边，替他把皮毯子摊开。同时我们还要点起一大堆火，引他前来。几个钟头后，他才会一颠一晃地走来，边哼边哭边吃饭，然后入睡。这个男人没病，他不过是走了太长的路，累了，饥饿让他没了力气。不过我跟帕苏克也是走了太长的路，累了，饿了，力气全无；我们什么事都做，他却什么也不做。但是，他有我们的老前辈贝特斯讲过的那一身肥肉，所以我们还是很公平地分给他一份粮食。

"一天，我们在死寂的荒原上碰到两个形如鬼魅的路人。一个大人和一个少年，他们都是白人。巴尔杰湖上的冰已解冻了，他们的大部分行李都掉到了湖里，两人只剩下了肩膀上背着的一条毯子。晚上，他们点起篝火，在那儿一直蹲到早晨。他们只有一点面粉了，只能把它调在水里当糊喝。其中的那个大人拿出面粉给我看——他们所有的粮食全在这儿了，可是佩利如今也在闹饥荒，而且远在两百英里外。他们还说，他们的后面其实还有一个印第安人，他们分给他的粮食也很公平，不过他总是跟不上他们的步伐。说实话，我可一点儿也不相信这个男人的话，怎么可能分得公平呢，不然那个印第安人一定跟得上。不过话又说回来，眼下这个情况，我是不能分给他们食物的。他们想偷走我的一条狗——那条最肥的，实际上也已经很瘦了——我拿手枪对他们的脸一晃，呵斥他们赶快滚开。他们显然很害怕，只好走了，就像两个醉鬼一样，摇晃着，融入死寂的荒原，向着佩利而去。

"这时，我只剩下三条狗和一辆雪橇，狗已经饿得皮包骨头。柴少火不旺，房间里自然冷得厉害。我们吃得少，冻得更够呛，脸冻得发黑，我想这个鬼样子连我们的亲妈也不会认出我们。还有，我们的脚也很疼。早晨上路时，我一套上雪鞋就疼得要命，我竭力忍着不哼。帕苏克也从来不哼一声，她总是在前面开路。那个男人呢，他只会号啕。

"三十英里河的水很急，河水正从下面把冰化开，那儿有许多空洞和裂口，还有大片暴露在外的水面。一天，我们和以往一样，赶上了杰夫，他正在那儿歇脚，因为他每天早晨总是提前上路。

"看到杰夫后我就停了下来，事实上我们之间还隔着水。他是从旁边的一圈冰桥绕过去的，那些桥很窄，雪橇根本过不去。后来我们找到了一座宽冰桥。帕苏克的身体很轻，所以她先开路，她手里横拿着一根长竿，打算万一压碎了冰掉下去的话，也可以用它救救急。她显然是多虑了，因为她很轻，雪鞋又大，小心一点也就走过去了。接着，她就招呼那些狗。可是它们既没有竿子，也没有雪鞋，最后都掉下去被水冲走了。我在后面紧紧抓住雪橇，直到冰破了，狗全部掉到了冰底下去。那些狗身上的肉少得可怜，不过按照我原来的打算，它们还是够我们吃上一周的，如今这个指望也没了。

"第二天早上，我把仅余的一点粮食分成三份。对杰夫说，他可以跟着我们，也可以不跟着，一切都由他自己做决定，因为接下来我们准备轻装快进。他听了我的话，立马号哭起来，不停地抱怨脚疼和苦难，而且还说了许多不中听的话，他指责我们不讲义气。可帕苏克的脚和我的脚也一样很疼——唉，比他有过之而无不及，毕竟我们还得给狗开路。

"这个时候，杰夫赌咒发誓地说他快死了，再也没有力气往下走了。于是，帕苏克就拿了一条皮毯子，我拿了一个锅和一把斧头，是的，我们准备动身。临行前，帕苏克看了看留给那个男人的一份粮食，说：'把粮食用在没用的人身上，简直就是糟蹋，这样做可不对。我看他还是死了比较好。'我听了摇了摇头，说我们不能这样——一旦成了伙伴，那么一辈子都是伙伴。可这时她提起了在四十英里站的人。她说那儿有许多人，他们都是好人，他们都指望到了春天我能给他们送去粮食。我仍然坚持，说这样不成，不想她竟然很迅速地抢下我皮带上的手枪，在我还来不及做出反应的时候朝杰夫打了一枪，而杰夫也就像我们的老前辈贝特斯说的一样，年纪轻轻的就魂归天国了。为了这事，我狠狠地骂了帕苏克一通，不过她并没有因为这而难过，当然，她也不懊悔。更让我惊诧的是，我的内心竟也赞同她的做法。"

查理说到这里，停了下来，又捡了几块冰，扔进炉子上的淘金锅里。大家一言不发，外面，狗群悲号起来，好像在诉说冰刀雪箭之苦，帐篷内，每个人的背上腾起一股寒气。

"那两个鬼魂睡过的地方，我们日复一日地走过——而我们，帕苏克和我，也很清楚在走到海边之前，能够像他们那样过夜，就已经很快活了。后来，我们遇到了那个印第安人，他也像幽灵一样，一张脸永远朝着去往佩利的方向。他跟我们说，那个男人和少年对他很不公平，所以他已经三天没吃到面粉了。每天晚上，他只能从鹿皮鞋上撕下几块鹿皮，放在杯子里煮熟了当晚餐果腹。不过如今他的鹿皮也剩得不多了。

　　"他是居住在海边的印第安人，他说的这些话都是帕苏克翻译给我听的，因为她通晓那里的语言。他不认识路，对育空河一带也不熟，可他正在朝佩利走。有多远呢？两夜的路程吗？十夜吗？一百夜吗？——对这些，他一点儿都不清楚，不过他很坚决，一定要走到佩利。就眼下的境况来看，就算他想回头也已经晚了，所以他只能继续往前走。

　　"他没有向我们讨要任何东西吃，他看得出，我们自身也有很大的难处。帕苏克看上去很不忍心，她看了看那个人，又看了看我，变得有些不安了，就像一只母鹧鸪见到受折磨的小鹧鸪的神情一样。于是，我对她说，'他之前受了不公平的待遇，已经好多天没有吃到东西了。我们分一点儿粮食给他，你看好吗？'她听了，眼睛一下子就亮了，一双眸子里充满光彩，就像进入了极乐世界。不过，她并没有马上表态，而是直视了那人很久之后，又看了看我，仿佛下了很大决心似的咬紧牙关说：'不。海还那么远，我们随时都有死掉的危险。所以，我宁愿让这个异乡人去死，也要让我的男人度过危险。'后来，那个印第安人朝着佩利的方向走远了，直到消失在死寂的雪原里。那一夜，帕苏克的眼泪滴了一夜。在这之前，我从未见过她流泪。我很清楚，这不是火堆里的烟熏得她流泪的，因为木头是干的。看她这么难过，我有点奇怪，心想，她的心灵可能因为走了太多的黑路，受了太多的苦，已变得多愁善感了。

"人生有时候就是这么荒唐。我用了很长很长的时间来思考这件事，可是日复一日，这种荒诞感不仅没减少，反而愈演愈烈。为什么我们要这样苦苦地挣扎下去呢？人生这场赌博，人注定是赢不了的。活着就是劳苦，受压迫，直到岁月压垮我们，把双手放在火堆熄灭的冷灰上。生活就是这么艰难。婴儿吸第一口气时很苦，老人吐最后一口气时也很苦，人生就这样充满了不幸和痛苦；可当他滑向死神时，他依然是不甘心，于是挣扎折腾，不断地回望，唉，这就是人啊，一定要将挣扎进行到底啦。但死神呢，并不因为人的挣扎而恼怒，死神为人和善，只有生存才会让人难受。可是，尽管如此，我们还是热爱生命，仇恨死亡。想想这可真是怪。

"后来的日子里，我俩，也就是帕苏克和我，我们很少再说话。晚上，我们像死尸一样挺在雪里；早上，我们继续赶路，就像两具行走的尸体，死气沉沉的。没有松鸡，没有松鼠，也没有雪鞋兔——什么都没有。河水在白外套下沉默地流淌，莽林里的树汁都上了冻。天气冷得厉害。晚上，夜空中的星星近极了，也大极了，它们跳跃着；白天，阳光从林子间贴着地平线射进来，我们继续行走着，阳光就在林子间闪烁个不停，这不禁令我们产生了一种错觉，觉得眼前有无数太阳似的。

"整个天空都变得灿烂辉煌起来，积雪幻化成了亿万颗闪烁的、细小的钻石。不过这些灿烂辉煌中既没热气，也没有声音，有的只是死寂的冻原。我说过我们前进犹如行尸，仿佛梦游，在这个梦乡里，时间仿佛被软化、融解了。我们的脸，朝着远方的海，我们的心，渴望着远方的海，我们的脚，奔向着远方的海。

"我们过夜的地方在塔基纳，可不知为什么，我们一点儿也不觉得那就是塔基纳。我们看着白马村，也一点儿也没看出那是白马村。我们的脚踩在深谷里的土地上，可是我们竟然一点儿也不觉得。是的，我们什么都没有觉察到。我们不停地跌倒，但我们即使摔倒脸也是朝着远方的海摔下去的。

"终于，最后一点儿口粮也被我们吃光了，这一路上，帕苏克和我，总是平分着吃那些可怜的粮食，不过，她摔倒的次数越来越多，到麋鹿口的时候，她已经站不起来了。已经是清晨了，而我们仍在一条皮毯子下面躺着，我们不走了。是的，我准备停在这儿，跟帕苏克手拉着手，我要陪着她一起迎接死亡的到来。也就在这段时期，我变得成熟了，也懂得了女人的爱情。此时我们离汉因斯教区还有八十英里的路程，中间横着大奇尔古特山，山势险峻，山上常年刮着风暴。当时，帕苏克为了能使我听见她说的话，就把嘴唇贴在我的耳边，她说了很多话。如今，她不再怕我生气，她把她心底的话全部说了出来，她告诉我她如何爱我，以及我从未留意的许多事。

"她对我说：'你是我的男人，查理，而我，是你的好妻子。我一直给你生火，给你做饭、喂狗，帮你划船、开路，这一切，我从无怨言。我从来没有对你说过，我爸爸的家里更暖和，或在契尔凯特吃的东西更好。只要你说，我就听，你吩咐，我就做。是吗，查理？'

"我说：'是的。'接着，她就说：'你第一次到契尔凯特来时，根本就没正眼看我一下，便把我买了下来，就像买一条狗，带着就走，当时我心里真是恨极了，而且也十分害怕。不过那已是很久之前的事情了。因为你对我很好，查理，就像一个好男人待他的狗一样。我知道你的心是冰冷的，那里没有我的位置，不过你对我很公平，你为人也很正直。每当你做出勇敢的事情，或者干出伟大的事业时，我都和你在一起，我常常拿你跟别的种族的人相比，觉得你在他们当中总是那样的光彩熠熠，我知道只要你说的话就一定是真的，你从不失信。慢慢地，我开始为你自豪了，再后来，你就占据了我整个心灵。而我，也决定，从此后一心一意只想着你。你就像盛夏的骄阳，总是亮闪闪地打着转，从不离开高高的天空。无论我朝哪里看，我都会看

见这个太阳。但是，你的心依旧是冰冷的，查理，你的心里没有我的位置。'

"我接着说：'是啊。我的心是冰的，那里没有你的位置。可是现在不是这样的了。现在，我的心就像暖阳下的雪，它在融化，在柔软，那儿开始响起溪流声，有萌发出嫩芽的烟柳，那儿有松鸡拍翅的声音，那儿有知更鸟鸣啭的声音，那儿有美妙恢宏的音乐，因为冬天已经远去了，帕苏克，我开始学会领悟女人的爱了。'

"她突然对我笑了笑，并且做了个十分娇媚的手势，她让我把她抱紧一点儿。于是她说：'我真是快乐极了。'说完这句话，她就安静地躺着，躺了很久，她把头贴在我的胸口，她很累了，轻喘着。

"后来，她开始低语着：'路已经到了尽头，我累极了。但是，我要先说点别的事。很久以前，当我还是契尔凯特的一个小女孩时，我在堆放着一捆捆兽皮的小屋里玩，那时候，男人全出门打猎去了，女人和男孩都出去负责把肉拖回家来。那是一个春天，我独自一人，我遇见了一头大棕熊。我想它一定是睡了一冬才醒过来，它一下子把头伸到了我的小木屋里，并且'噢'地叫了一声，它是饿坏了，瘦得皮包骨头。就在这时，我哥哥刚拖着一雪橇肉跑回来。

他一看见这头棕熊，从火里抽起烧着了的柴就去打，那些狗见我哥哥动手，它们也带着挽具，拖着雪橇向熊扑了过去。他们打得很激烈，四处轰响。之后，他们一起滚进火堆，一捆捆皮子被打得满处飞舞，后来就连木房也被他们打翻了。最后，那头熊就这么给打死了，当然我哥哥也被它咬掉了几根指头，脸上被它的爪子抓了好几道血印子。你还记得之前那个到佩利去的印第安人吧，他在我们的火旁烤手时，你注意到他的手套没有？那上面没有拇指。他就是我的哥哥。可我却没有给他东西吃。而他呢，也就饿着肚子离开了，消失在了死寂的雪原。'

"兄弟们，你们听到了吧，这就是帕苏克的爱情，最后，她死在了麋鹿口的雪堆里。这就是伟大的爱情，这个印第安女人，她为了我，牺牲了自己，不但如此，她连她的哥哥也牺牲了。而我干了什么？把她带出来，受尽苦难，最终还惨死异乡。这个女人的爱情就是这么惊天动地。在她往生极乐之前，她拉着我的手，然后放到她的松鼠皮外套的里面，让我摸她的腰。之后，我摸到了一个装得很满的袋子，直到这时我才明白了她的身体垮掉的原因。我每天都把粮食分得很公平，谁也不少一点儿；而她呢，每天却只吃掉一半，留下另外的一半全放进了这个装得很满的袋子。

"她说：'帕苏克的路走到尽头了；可是查理，你的路，还要向前延伸，越过奇尔古特山，到汉因斯教区，再到大海，而且还要继续向前，在众多的太阳下，越过异乡的土地和陌生的海洋，你要一直这样走，走过很多年，年年都充满了荣光。它会领你走到有许多女人的地方，而且那里都是好女人，不过它再也不会让你得到比帕苏克的爱更深广的爱了。'

"我知道她说的都是实话。可是我当时已经急疯了，一下子就把那个装得很满的口袋扔得远远的，并对她发誓，说我的人生之路也到了尽头，她听了，那双疲惫到极点的眼里盈出两颗眼泪。她说：'在所有的男人里面，查理一生所走的路都是光闪闪的，他说的话永远都是可信的。难道现在他会忘了他的荣誉，他会在麋鹿口犯浑吗？难道他忘记了四十英里站的人吗？他们把自己最好的粮食和最好的狗都给了他。帕苏克一直都认为她的男人是值得她自豪、骄傲的。所以，振作起来，套上雪鞋继续走下去吧，让我仍旧觉得他是值得我自豪和骄傲的。'

"她离开我了，等到她在我怀里变得冰冷坚硬之后，我站起身来，找着那个装得满满口粮的口袋，然后套上我的雪鞋，晃晃悠悠地继续向前行进。这个时候，我的腿已经没有力气了，颈子上就像顶着一个天大的头，耳朵里有一种轰鸣声，眼前是一闪一闪的红光。童年的影像来到了我的眼前。我仿佛坐在节日的筵席上唱着歌，一会儿又伴着男人和姑娘们的歌声，在海象皮鼓的咚咚声中跳起舞来。而我的帕苏克则握着我的手，在我的身旁走着。每当我趴下来想要眯上眼睛时，她就跑来把我叫醒。每当我体力不支栽倒下去时，她就前来搀扶我。如果我在风雪里迷失了方向，她就会把我重新引回正确的道路上。我就像一个梦游的人，幻象丛生，头脑迷醉，整个人轻盈得几乎要飘起来，就这样，我一直半梦半醒地走到了海边的汉因斯教区。"

查理说完，便拉开了帐篷的门，此时正是正午时分。南面，在荒凉的亨德尔森山峰顶上，一片冰凉的太阳远远地挂着，两旁的幻日闪闪发光。青白的大气闪烁着，如同霜花织就的轻纱一般。帐篷前的路边，一条狼狗立在那里，沾满了霜花的密毛耸起，它口中呼出的长吻，直指那片寒阳，独自悲号着。

丢　脸

　　一切都结束了。经历了漫长的充满痛苦和恐惧的旅行后，苏比安科仿佛一只要飞回欧洲各国首都的鸽子，终于在俄属美洲停下了脚步。这个地方比他到的以往任何一个地方都要远。

　　如今，他就那么坐在雪里，被五花大绑，等待着那些用刑和折磨他的人。

　　他好奇地打量着眼前的这个高大的哥萨克人，此时，这个哥萨克人正俯卧在雪地里，痛苦地呻吟着。这个大个子的人被那些人处理完后，那些人便把他交给了女人们。很显然，女人们的凶残程度远远超过了那些男人，仅是大个子的哭喊声就可证明这一点。

此时，在一旁耳闻目睹了那个哥萨克人所受的折磨后，苏比安科早已浑身哆嗦。对于死亡，他并不畏惧，从华沙到努拉托，这一路下来凶险万分，他也一路闯了过来，所以，纯粹的死，他不会感到任何恐惧，只是，他厌恶酷刑。因为那些酷刑，会触犯他的人格。这是一种他不能忍受的羞辱，说到不能忍受，并非是他不能承受剧痛，而是那些剧痛将导致一些令人恐怖的精神扭曲。他也十分清楚，自己的下场会和那些祷告、求饶，甚至会和巨人伊万和那些受折磨而死的人一样——死得很难看。

面带微笑，言语从容，视死如归，这才是一条好汉应该有的神气。如果让肉体的剧痛主宰了你的人格，让你控制不住嘴巴、动作，就像一个猿猴一样的嘶号、胡言乱语，沉沦为一头纯粹的牲畜——那简直是太可怕了！但是逃跑，绝没有可能。

从一开始，命运就在戏弄着他，曾经他把追求波兰的独立当成自己的毕生信仰。于是，从那一刻开始，不管是在华沙，在圣彼得堡，还是在西伯利亚的矿穴；不管是在凯姆恰特卡，还是在海盗船上，命运就这样一步步把他拖向了这个终结点。这是他的命，上苍早就给他定好了这样的一个结局——为他这类人——这些敏感多思的精英。他是很敏感，他的神经几乎敏感到如同没有皮肤遮盖一般，所以他可以更深刻地感受许多精微之妙。

他，一个梦想家，一个诗人，一个艺术家，以前他完全没料到，命运竟然是这样的不可抗拒。是命运让他这个全身布满敏感神经的精英在粗野、荒蛮之中讨生活，最终又在这乌云浓重的雪原中心，一片远离文明的、愚昧落后的黑暗大地上死去。

一声长长的叹息从他的鼻孔中传来。看来，眼前这一摊肉是巨人伊万无疑了——他简直是个巨无霸，就像是钢铁打造的一般，没有痛感神经。作为一个海盗，这个哥萨克人头脑迟钝得像头牛，除了头脑，他的神经系统也如此原始，以至于常人感到的剧痛，对他而言仿若隔靴搔痒。但即使如此，这帮残忍的努拉托人也挖出了他的神经，并沿着这些神经追根溯源，剥离出让他灵魂战栗的主根源。无疑，这些努拉托人正是这样做的。一个人在经受了这样残酷的折磨后还活着，简直就是个奇迹。最终，巨人伊万那低下而迟钝的神经系统让他付出了沉重的代价。他承受折磨的时间和痛苦是他人的两倍。

亲眼目睹了努拉托人对伊万所施的酷刑，苏比安科有些忍受不住了。伊万怎么还不死呢？他如果再不停止号叫，苏比安科一定会发疯的。可是，如果这号叫一停止，那么也就意味着该轮到他自己了。在那边，亚卡嘎正等着他呢，他那一阵阵阴险的笑正朝他飞来，看来那家伙早已等得不耐烦了。

亚卡嘎，是苏比安科上周才从要塞踢出去的人，当时，他在他的脸上挂上了一道用狗鞭抽打的伤痕。

苏比安科想，亚卡嘎一定会来"侍候"他的，他一定会为他"奉献"上更精细、更持久的刑罚，他还会更"无微不至"地探究他的神经。

噢！又是巨人伊万的一声号叫，那痛苦一定是到了极点。然后，那些围着巨人伊万的印第安女人向后散开，她们拍着手，大笑着。

苏比安科看见了这些女人的残酷，开始神经质地狂笑起来。印第安人的目光纷纷向他扫来，一脸不明所以的神色。然而苏比安科依旧狂笑不止。这样下去可不行，他必须要控制住自己，渐渐地，一阵阵抽搐消隐了。

苏比安科尽力想用一些别的事来转移自己的注意力，

他开始回顾自己的一生。他想起了父母，斑点小马，还有那位教他舞蹈课的法国家庭教师，有一次他还偷偷塞给他一本卷了边的《沃尔塔瓦》。他仿佛又看到了浪漫的巴黎，雾霭沉沉的伦敦，飘扬着优美旋律的维也纳，还有壮美的罗马。他又看见了那个狂热的青年团，和他一样，他们都梦想着有一天波兰独立，拥有自己的国王，国王会坐在华沙的王位上。是啊，那是他们的信仰，于是，后来漫长的跋涉就这样开始了。

在那些人中，他挺得最久。刚开始的时候，他们之中就有两个人在圣彼得堡被处决了。在那之后，一个又一个同志倒了下去，苏比安科默数着那些为国捐躯的英灵。有一个是被狱警殴毙的，在那里，在那血迹斑斑的放逐的路上，他们不眠不休地走了几个月，被哥萨克人监管、虐待、殴打，于是又一个同志倒在路边再也没爬起来。那些哥萨克人除了野蛮，就是残忍，兽性的残忍。

曾与苏比安科比肩战斗的同志，有的在矿井死于高烧，有的死于鞭笞。最后两个在逃出来的路上，遇见了哥萨克人，两人在搏斗中被打死。只有他一个人活了下来，后来他逃到了凯姆恰特卡，身上带着偷来的证件和那个旅行者身上的钱，他把那个旅行者杀死在了雪地里。

野蛮和凶残充斥着这个世界。许多年来，他生活在蛮荒之中，但他的内心仍眷恋着画室、剧院和宫廷。当然，他的手上也沾染了太多人的鲜血，他以他们的生命换取自己的生命。

其实，每个人都是凶手。苏比安科为了通行证杀死了那个旅客。杀他前，他很清楚这个人不好对付。他曾亲眼看见这个旅客在一天之中和两个俄国军官决斗。可是，他必须证明自己不是胆小鬼，才能在海盗中赢得一席地位，他必须争得那个席位。因为，在他的身后，是一条贯穿西伯利亚和俄罗斯大地的流放之路，那是一条无望之路。唯一的出路在前方，穿过阴沉、封冻的白令海，到阿拉斯加去，但是这条唯一的出路却只能把人们从荒蛮引到残忍之地去。

那艘偷猎海豹的海盗船上正流行着败血病，大家没有吃的也没有水喝，飓风一个接一个。在这种境地中，一心求生的人类都被还原成了兽类。他曾跟着这艘船从凯姆恰特卡出发，向东航行过三次。但每一次，他都由于受不了航行中的种种苦难，而和那些幸存者们又回到了出发地——凯姆恰特卡。没有其他的出路，但他又绝不能返回原路，他知道，在那里等待他的只有矿井的奴役和凶残的鞭笞。

　　第四次，也是最后一次，他随船再度向东航行。他和那些首先找到传说中的海豹岛的人们一起越过大海，不过他没有和他们一起回去分享盗卖皮货赚到的钱。那些人回到凯姆恰特卡后就开始花天酒地、纵情作乐。而他则发誓，这一次，他绝不回头。

　　他明白，如果要抵达那些他向往已久的欧洲都会，他就必须向东，向东，再向东。所以，他换了几次船，最后留在了这片正在开垦的处女地上。和他一起来的同伴还有斯拉夫猎人和俄罗斯探险者、蒙古人、鞑靼人以及西伯利亚土著人。他们一起在新大陆的荒蛮中拼出了一条血路，他们屠杀了一个村庄又一个村庄的土著人，如此残忍的杀戮只是因为那些村民拒绝向他们进贡皮毛。但反过来讲，他们自己也被皮货贸易公司的人所屠杀。后来，他和一个芬兰人，在一次类似的大屠杀后侥幸活了下来。在冰天雪地的阿留申岛，他们两人一起度过了一个与世隔绝的、饥饿的、漫长的冬天。直到第二年春天，一艘运皮货的船把他们救了出来，说实在的，这种机遇简直是千载难逢。

　　但是，他们却始终摆脱不了野蛮的包围。苏比安科深知走回头路等待他的只有死亡，所以他们换了一条又一条的船，直到后来他们遇到了一条去南部探险的船。

他们上了那艘船，从阿拉斯加海岸南下，一路上遇到的全是成群结队的野蛮人。每一次停泊，不论是在海岬上还是在大陆的悬崖下，他们总会遇到一场场残忍的战斗或是风暴，不是暴风骤雨，就是大群土著人驾着独木舟呼啸而来。由于这些土著人之前曾领教过海盗们火药的厉害，所以他们便涂成大花脸，自以为这样便能防止被弹药所伤。

他们跟随着这艘船不断地向南航行，一直驶到了加利福尼亚那块神秘之地。据说这个地方是西班牙探险者的地盘，那些探险者是从墨西哥一路打到这里的。苏比安科对那些西班牙探险者寄予了很大的希望。他想着可以先逃到他们那儿去，只要能逃出去其他的就好办了——用上一年或两年，时间长点儿短点儿又有什么关系呢？他只要能跟着逃出去，就能抵达墨西哥，然后，只要再搭上一艘船，那么欧洲就在眼前了。

不幸的是，他的希望破灭了。因为他们遇到的不是西班牙人，那些挡住去路的正是那些很难对付的野蛮人。这是一群住在化外之地的土著人，他们的脸上涂抹了迎战的图案，把苏比安科他们从海边赶了回去。最后，探险者的其中一条船被阻截，上面所有的人都丢了命，这时，带队的指挥官只好放弃探险的目的，驾船驶回了北方。

　　白驹过隙，时间流逝。在修造米开罗夫斯基要塞时，苏比安科正在台本科夫手下工作，所以他在库斯科克维姆地区度过了两年的光阴。有两个夏天，都是在六月份，他想尽一切办法终于登上了考茨布埃海峡的海岬。每到这个季节，各个部落的人总会在这里汇集，进行着以货易货的贸易。人们会在这里找到来自西伯利亚的梅花鹿皮、迪奥米兹的象牙、来自北冰洋海岸的海象皮以及奇形怪状的石头灯。这些东西在交换中从一个部落流通到另一个部落，没人知道它们到底是从哪儿来的。有时，你甚至还会看见一把英国造的猎刀。苏比安科知道，这个地方是了解地理的大课堂。因为他遇见了来自各地的爱斯基摩人，这些人有的是从诺顿海岬来的，有的是从国王岛和圣劳伦斯岛来的，还有的来自威尔士亲王的海岛和巴罗海岬。当然，这些地方还有别的名字，至于这些地方距离这儿有多远，没人知道，它们之间的距离是用行程的天数来计算的。

　　这些来赶集的土著人来自广大的北极圈，而他们的石灯、钢刀，在反复的贸易中则来自更远的地方。在贸易中苏比安科也使用恐吓、哄骗和贿赂等手段，每个远道而来的、陌生部落的人大多都会来到他面前。总会有人向他提起旅途中遇见的凶险野兽，那些怀有敌意的部落，难以穿越的森林和雄伟的群山，以及旅途中遭遇的种种危险，这些凶险万分的遭遇真是数不清也想不到。

只是，这些人说来说去，总会提到那些来自远方的流言和传说，当然，那些都是关于白人的。在流言和传说中，那些白人长着一双碧蓝的眼睛和一头金色的卷发。他们一旦战斗起来就如同恶魔一般，并且到处搜寻皮毛。传说这些白人住在东方，遥远的东方。当然，没人亲眼见过这些传说中的白人，这些来赶集的土著人只是相互传言而已。

想要在这样一个大课堂中学习可不是一件简单的事情，你需要通过千奇百怪的各种方言来学习地理，这很令人头痛。那些没受过文明训练的土著人很容易把事实和传说混成一团，根据"睡多少个觉"来估量距离，而这种算法会有很大的出入，毕竟旅途难易直接影响到计算的准确性。不过好在，最终有人传来的悄悄话，还是会令苏比安科大受鼓舞。于是，苏比安科知道了，在东边有一条很长的河，那一带生活着那些拥有蓝眼睛的人。那条大河叫育空河，在米开罗夫斯基要塞的南方。这条大河最后汇入了另一条大河，俄罗斯人便把这条河称作奎克帕克。

如此，苏比安科又回到了米开罗夫斯基要塞。他用了整整一年的时间，四处游说大家去奎克帕克远征。终于，他说动了马拉科夫，这是一个有一半俄罗斯种的混血儿。马拉科夫同意带领他的那些最粗野、最凶残的混血夜叉去远征，他手下的这混血夜叉都是从凯姆恰特卡航海过来的，而苏比安科则给他当副手。

船起航了，他们穿过迷宫似的奎克帕克大三角洲，选择了北岸的低矮丘陵山路，在大约走了五百英里之后，他们又把货物和火药装上了兽皮做的独木舟，在流速十分湍急的河水中破浪前进。这条河的河道宽有二至十英里，水也有好几寻（深度单位，一寻等于六英尺）深。后来马拉科夫决定在努拉托这个地方修建要塞。一开始，苏比安科不赞成，劝他再向前走看看情况。不过到了最后，他还是服从了这个决定。因为漫长的冬季马上就要到了，停下来等一等才是最明智的选择。这样，等到来年夏初冰消雪融时，他就可以不辞而别去奎克帕克，然后再想办法去哈德逊海湾公司的贸易站。要知道，马拉科夫可从来没有听到过关于奎克帕克就是育空河的传言，当然，苏比安科也没有告诉过他。

接下来的工作就是修建要塞了，这是一份很艰苦的奴役。那一层层用原木搭成的墙，把努拉托的印第安人累得直吐血。海盗们残酷的铁掌中，握着皮鞭，一下一下抽在这些印第安人的身上。有一些印第安人忍受不了这种奴役生活，选择了逃跑，但一旦被抓回来后，他们就会被吊挂在要塞前。在那里，他们和他们的部落明白了什么是鞭子，有两个印第安人最终惨死在海盗们的皮鞭下；还有几个人则终身残废；至于那些没有逃跑的人，都被逃跑者的下场吓住了，不敢再逃。

还没等到要塞竣工，雪花飘飘而来，这时节便需要兽皮了。要塞的人向印第安部落强征大批兽皮，只要交不出兽皮，就把那些人拳打鞭抽，甚至把妇女儿童抓去做人质。所以，这些印第安人遭受的暴行，只有那些皮货盗贼才干得出。

唉，曾经发生的一切就是印第安人血泪交融的生存史。如今轮到盗贼们来吞咽下他们自己种的苦果了。要塞最终灰飞烟灭，在熊熊烈火中，有半数的皮货盗贼被砍杀，另外一半则死于酷刑。只有苏比安科活了下来，或者说还剩下苏比安科和那个巨人伊万——当然，如果那摊在雪地上哼哼叽叽的一堆肉还能叫做巨人伊万的话。

苏比安科当然是看到了亚卡嘎向他奸笑的模样。对此，他已经无话可说。那道鞭伤仍挂在亚卡嘎脸上，苏比安科无法抱怨，但苏比安科可不愿去想象亚卡嘎将会采用什么酷刑来招待他。当然，他也想到过向部落的首领酋长求饶，但理智告诉他这样的乞求解决不了任何问题。他又想到过挣脱掉绳索，和这群土著人战斗而死。至少这样可以很快死去，不用遭受这许多的折磨。可他又挣不脱捆绑，鹿皮条比他的筋骨还要结实。他尝试着让自己冷静下来，绞尽脑汁，终于，一个点子出现了。他打着手势表示自己要见酋长，一个会说沿海方言的翻译被土著人带了过来。

"噢，尊敬的酋长，"他说，"我并不惧怕死亡。我不是一个普通人，要我去死是很愚蠢的。事实上，我是永生的，我和这些东西并不一样。"

他用满不在乎的表情看着曾经的巨人伊万，现在变成一摊只会发出一阵阵怪叫声的肉堆，然后，他用脚指头蹭了蹭摊着的伊万。

"我是很有智慧的人，死不了的。听着，我有一种很神奇的药，这是我一个人的秘密，我反正不会死，现在我想拿这药和你做笔交易。"

"这是种什么药？"酋长问。

"这是一种很奇怪的药。"

苏比安科说到这里故意装出一副犹犹豫豫的模样，停顿了一下。

"那我就告诉你吧。如果把这药涂在皮肤上，皮肤就会像岩石一样结实，像钢铁一般坚硬，任何一种利刃都伤不了它。剔骨头的刀砍上去会成一堆烂铁，就连我们给你们的那种钢刀的刀口也会卷起来。好了，现在我已说出这药的功效，你能给我什么呢?"

"我将饶你一命。"酋长通过翻译对他说。

苏比安科听了不屑地笑笑。

"就让你做我的家奴，直到老死。"

苏比安科大笑起来。"先给我把绳索解开，咱们再谈。"他说。

酋长对他的手下打了个手势。

苏比安科松绑后，自己卷了支烟，点上火。

"你在说谎话，"酋长说，"世界上没有这样的药。这根本不可能。利刃比任何药都更厉害。"

酋长虽然不肯轻信，却又有些犹豫。他见识过这些皮货盗贼的许多怪东西都很有用，因此他半信半疑。

"我饶你一命。你也不用当奴隶。"酋长宣布道。

"那也不成。"苏比安科克制着内心的激动，继续表演下去，做出一副抬高价码的样子。

然后，苏比安科说出了自己的条件，"那药非同小可，因为它我多次逃过生死之劫。我要一辆雪橇和几只雪橇狗，还要六个猎手跟我一起到河的下游，从米开罗夫斯基要塞出发，保证我一天一夜行程的安全。"

"你得待在这儿，把你所知道的法术全都教给我们。"酋长说。

苏比安科耸了耸肩，不说话，只把烟喷向空中，心里想着，巨人伊万现在不知怎么样了。

"一条伤疤！"酋长指着苏比安可的脖子，突然说。苏比安可的脖子上有一道深色的疤痕，那是他在凯姆恰特卡的一次争斗中留下的刀疤。"看吧你在撒谎。刀刃比药水更厉害。"酋长这么说。

"那是一个巨人砍的，"苏比安科一边想一边说，"那是一个比你还壮，比你最强壮的猎手还要强壮，比他还要高大的人。"他说着又一次隔着鹿皮鞋，用脚趾碰了碰那个哥萨克人——巨人伊万，此时他已不再有感觉了——然而，在这样一具已经四分五裂的躯体中仍有一丝生命迹象残存着，似乎不愿离去。

"所以，那些草药的药力也不够抵抗那个巨人的。因为在那个地方找不到一种浆果，不过我注意到你们的土地上那种果子有很多，我想草药的药力在这里一定更强。"

"好吧，我同意让你去河的下游，"酋长说，"也答应给你装备雪橇和狗，并给你配上保证你安全的六个猎手。"

"你同意得太迟了，"苏比安科冷静地说，"因为你没有立即答应我的条件，你怀疑了我的药的效力，你的心不诚。听着，现在我的条件又涨了。我要一百张水獭皮。"酋长冷冷地一笑，"我要一百磅干鱼，"酋长点了下头，鱼嘛，他们这儿有的是，便宜得很。"我要两辆雪橇——一辆我用，另一辆用来装皮货和鱼。还有，你必须把我的来复枪还给我。如果你不同意我开的条件，一会儿我还得涨。"

亚卡嘎向酋长交头接耳耳语了一番。

"那么，你怎样证明这药是真的？"酋长问道。

"这很简单。首先，我要到树林里去——"

亚卡嘎又对酋长交头接耳一番，酋长一脸疑惑地盯着苏比安科。

"当然，你可以派二十名猎手跟我去，"苏比安科继续说下去，"你看，我需要采掘浆果和根茎，用它们来制作那种药。之后，你要准备好两辆雪橇，上面装好鱼和水獭皮，还有我的来复枪。当一切都弄好后，我会把药抹在我的脖子上，然后把脖子搁在那根原木上。这时，你就让你最强壮的猎手用斧子在我脖子上砍三下。当然你自己也可以砍这三下。"

酋长听了不由得张大了嘴，他站了起来，开始有些相信这魔药的魔力了。

"不过首先，"苏比安科赶忙补上一条，"在每砍一下之前，我必须再涂上一层药，因为斧子又沉又锋利，我可不希望出任何差错。"

"好，我答应你所有的要求，"酋长急忙喊道，"你现在可以出发去采药了。"

苏比安科克制不住，露出了笑。成败在此一举，绝不能有一点大意，于是他一脸傲慢地说下去。

"你又晚了一点，很显然，你对我的药还是有所怀疑。

你的心不诚，所谓心诚则灵，为了弥补你的过错，你得把女儿送给我。"

他说着指了指那个姑娘。那姑娘病怏怏的，一只眼睛有点歪斜，一颗尖牙从嘴里暴出来。这下酋长真是火了，不过苏比安科却沉住气，他很悠闲地卷起一支烟，点上火。

"快答应吧，"他吓唬道，"要再不快点儿，价码又涨了。"

一切声音沉寂下去。在苏比安科眼前，雪原淡了、远了，祖国的那片热土，还有法国，显现了，近了。当他瞟着那个暴起尖牙的姑娘时，脑海里浮起的却是另一个少女的倩影，那是一个能歌善舞的姑娘，是他初次到巴黎时见到的，那时他还是个小伙子。

"你要我的女儿做什么？"酋长问。

"跟我一起到下游去，"苏比安科用一种奇怪的眼神审视着那个姑娘，说，"她会成为贤妻良母的，再说，和你结为亲家，也能给我的药增些光彩啊，这是一件很有价值的事情。"

苏比安科似乎看到了在他脑海中的那个少女正轻歌曼舞，他随口哼起了一首她曾教他唱过的歌，他享受着已逝去了的生活，沉醉其中。场景一幕接一幕地在他眼前上演，而他超然得像个旁观者。

这时，酋长的声音突然响起来，把苏比安科惊醒了。

"我同意了，"酋长说，"我女儿将和你一起去下游。但是我们得讲清楚，必须由我本人用斧子在你脖子上砍三下。"

"不过，每次我都得再涂抹一次药。"苏比安科答道，故意表现出一种控制不住的担忧。

"我允许你每次抹一回药。这些猎手是防止你逃跑的。现在你们到森林中去采药吧。"

由于苏比安科表现出的贪婪索价，酋长真相信了这魔药的魔力。他想这药必定非常神奇，否则他的主人不会在死到临头才肯说出来，而且还"他妈的"不忘拼命讨价还价。

"还有呢，"当苏比安科和看守他的猎手们消失在杉树林中时，亚卡嘎又低声对酋长说，"等你学会使用这药以后，就可以很容易地把他弄死。"

"怎么能弄死他呢？"酋长问道，"由于他的药的魔力，我根本没办法弄死他。"

"总会有一些部位他是无法抹上药的，"亚卡嘎回答，"我们就在那些部位下手。也许是他的耳朵。好极了，就用长矛从耳朵刺穿他的头。也许是他的眼睛。这药一定太刺激，不能抹在眼睛上。"

酋长觉得此言有理，于是点点头，说"你很聪明，亚卡嘎。如果他没有别的魔法，我们就能干掉他。"

其实，苏比安科并没有用多少时间去采集草药。他顺手而采，品种有杉树针叶、柳树内皮、一条桦树皮，还有一堆苔藓、浆果等等。浆果是他让猎手们从雪下为他挖出来的。最后又挖了些冻硬的根茎，如此，便算是品种齐全了，在猎手们的前呼后拥下他回来了。

酋长和亚卡嘎在他身边弯着腰观看，一一记下他往一口大锅里投下的草药数目，那口锅里的水沸腾着。

"注意，要先放苔藓浆果。"苏比安科解释说。

"接着……噢，对了，还少了一样东西——一个男人的手指头。来吧，亚卡嘎，我要剁下你的一根手指头。"

亚卡嘎忙把手藏在身后，怒气冲冲地瞪着苏比安科。

"就要一根小手指。"苏比安科哀求说。

"亚卡嘎，给他一根手指。"酋长命令。

"这儿遍地都是手指头，"亚卡嘎嘀咕道，指着雪地上遍地狼藉的残尸，有二十多具，全都是受尽酷刑而死的。

"必须是从活人手上剁下的指头。"苏比安可强调说。

"好，就给你根活人的手指头。"亚卡嘎眼珠一转，飞快跑向那个哥萨克，割下了他的一根手指头。

"他还没死呢，"亚卡嘎证实道，说着便把这个血淋淋的战利品扔到苏比安可脚边的雪地上。"这个手指更棒，个儿也大多了。"

苏比安科把那根手指丢进锅下面的火堆中，然后咿咿呀呀地唱了起来。这是一支咏叹男欢女爱的色情小调，他无比庄严地对着那口大锅唱着。

"不对着它唱出这些话，这药就没魔力，"他解释着，"这些话是这药的魔力来源，看，总算熬好了。"

"你慢慢说一遍，好让我记住这些字。"酋长命令他。

"现在还不行，得等到试验完了再说。等斧子从我脖子上弹回去三次之后，我就会告诉您这些歌词的奥妙。"

"如果你的药不像你说的那么灵呢？"酋长一脸忧虑。

苏比安科怒气冲冲地喊道："看吧，你又来了，这药从来都是心诚则灵。如果它这次不灵验，你可以像处置其他人那样处置我好了。凌迟处死，就像你们一刀刀地割他那样。"他说着指向躺在一边的哥萨克巨人伊万。"好了，现在我的药已经凉了。我该往脖子上抹药了，我们要恭恭敬敬地称它是'神爷爷的药'。"

于是，他用一种极为神圣庄严的神情吟诵了一行《马赛曲》的歌词，与此同时他开始往脖子上反复涂抹那黏糊糊的药汤。

突然，一声嘶吼，从苏比安科的身后滚滚轰来，打断了他那煞有介事的法事，他被吓坏了，面色如土，瘫坐在了地上。他的身后——惊叫一片，大笑一片，掌声一片。他战战兢兢地转头看去——巨人伊万，他身体中那种顽强的生命力让他再次苏醒过来，他跪了起来，剧烈地抽搐着，在雪地上乱滚乱撞。刚才，苏比安科身后的那片喧哗与骚动，便是巨人伊万和努拉托人的一次合作伴奏。

这个突发状况令苏比安科感到懊恼，但他控制住了自己，并努力装出一副气势汹汹的样子。

"这是不行的，"他说，"马上干掉他，然后我们才能开始进行试验。你，亚卡嘎，立马让他闭嘴。"

生命，最终还是从巨人伊万的躯体里消失了。

苏比安科转向十分听话的酋长。

"你一定要记住，要狠狠地砍下去。这可不是闹着玩的，来，您先拿起斧子砍砍这段原木试试，这样我才相信你是个好刀斧手。"

酋长听从了苏比安科的话，照着原木砍了两次，既精准又沉猛，很利索地砍下了一大块原木。

"真厉害。"苏比安科说着看了看周围站着的野蛮人的面孔，这些脸孔上充满象征的意味，这代表着荒野的氛围。那氛围自从他在华沙初次被沙皇的警察逮捕后，就一直不曾离开过他。

"请拿起你的斧子，酋长。现在，请你站好了，我要躺下了，我一举起手来，你就用尽全力，向我的脖子猛砍下去。不过你要当心你身后有没有人，这药的威力特别大，会让这把斧子从我的脖子上弹起来，然后飞出你的掌心。"

苏比安科说完，看了看那两辆雪橇，拉橇的狗都套好了绳索，雪橇上也装满了皮货和干鱼。他的来复枪就放在水獭皮的顶部。六个做保镖的猎手也都已经在雪橇旁站好。

"你的女儿呢？"苏比安科问酋长，"在我们进行试验之前，你先把她带到雪橇那儿去。"

当最后一个要求被满足后，苏比安科躺在了雪地上，他把脖子搁在原木上，就像一个玩累了的孩子要上床睡觉一般。

已经很多年了，他一直在悲凉的荒野中挣扎前进，走到现在，他是真的累了。

"你的力气还不够，噢，酋长，"他说，"砍，一定要用力砍，让斧头来得更猛烈吧。"

他举起一只手向酋长示意了下。

酋长挥起了斧子。这是一把劈砍原木很得力的阔边宽斧。斧子在冷气中划出了一道寒光，在酋长的头顶上稍停片刻，然后向苏比安科僵硬的脖子沉沉落下。斧子斩过血管、颈肉、气管和脊椎骨，直入原木，并且深深地切进原木中。土著人都惊呆了，他们眼巴巴地瞪着：一腔热血从苏比安科躯干上喷溅而出，他的那颗头颅在斧子砍下去的同时猛地蹦了出去，足足有一码远。

在场的所有人，他们的大脑就像停止了转动，全都一声不响。慢慢地，过了一些时间，他们的大脑里开始有个念头在蠢蠢欲动，他们都悟出了真相，其实根本没有神药，一切都是这个皮货贼给他们开的大玩笑。因为所有的俘虏中，只有他逃脱了酷刑。这个江湖骗子，折腾半天，葫芦里卖的原来就是这个药——死得干脆些。

明白过来的人们全都哄然大笑起来，只有一个人没笑。他就是酋长。这一刻，酋长低下头，他明白是那个小子耍了他，让他在全族人面前出尽洋相。族人们的狂笑此起彼伏，震耳欲聋。酋长则转过身，低着头，大踏步走了。

他心里明白，从这一刻开始他不再是族人们心目中的霸王了。他已经丢尽了脸。他深知，这一耻辱将伴随他一生，直到他死去的那天；而且当各部落的人们聚在一起的时候，不管是春天大家一块捕鲑鱼，还是在夏天的集市上人们闲聊，这件事都会当作篝火旁的笑话而口口相传。那时，有人会说皮货贼是如何"狡猾狡猾地"赴死，只一斧子就被砍死了，他们会说动手处死那个人就是"没脸见人"，是他亲自动的手。

"'没脸见人'是谁呢?"

他似乎听见，某个愣头愣脑的族人如此问。

"噢，'没脸见人'呀，"有人这么回答，"他在砍掉那个皮货贼的头之前，曾是个酋长，是族人中的霸王。"

为赶路的人干杯

"一口下去。"

"不过我说，基德，是不是兑得太猛了？威士忌加酒精已够猛了，你又把白兰地和辣椒酱兑进去……"

"到底谁在兑这潘趣酒，嗯？来，一口喝下去。"透过腾腾蒸汽，基德大笑说，"老弟，等你在这鸟不生蛋的地方待久了，你就会明白圣诞节一年就这一回。而没有潘趣酒的圣诞节，和一眼打到底仍然毫无指望的矿井没什么区别。"

"本来还想着能挖个大金娃娃呢。"大吉姆也插话进来。

他是从马扎麦山上下来的，为的就是来此过圣诞节。那山上有他的一块标地，让大家都很羡慕。要知道，前两个月他顿顿吃的可都是麋鹿肉。

"还记得我们酿的毒酒吧，那次在塔纳纳河边，嗯？"

"操，好家伙，那怎么能忘？整个部落都蒙上了醉意，打成一团——全因为糖和酸面一顿棒极了的发酵。孩子们，那场面，你的心都恨不得跳出来瞧一番热闹。那时节还不是你们的时代。"基德回头对普林斯说，他是个来了两年的采矿工程师。"那时节，这一带还没有白种女人，偏偏梅森却想娶娘儿们了。露丝的父亲是塔纳纳人的酋长，他和他的族人全反对这桩亲事。醉了？好家伙，我连最后一磅糖都用上了，想想那可是我这辈子在那档子事上干得最棒的一次。你们真该看看那个场面！那帮醉汉沿着塔纳纳河穿堤越坝一路穷追不舍。"

"那印第安娘儿们呢？"听得很起劲儿的路易斯兴致勃勃地问，他是个法裔加拿大人，个头很高大，去年他在四十英里铺时对那次疯狂的壮举就已有所耳闻了。

于是基德便把梅森这位大情圣的故事绘声绘色、添油加醋地说了一通，要知道，基德可是雪国非常有名的名嘴。无疑，梅森的故事拨动了这些在雪原闯荡的大汉们内心深处的心弦，在那回荡的乡音里，他们的眼前现出了一片南国阳光下的草原，那里的生活绝不像这里，只有与严寒和死亡的无望挣扎。

"穿过了第一条冰河，我们到了育空河，"他接着说，"当地人离我们只有一刻钟的路程，但我们还是得救了。因为第二条支流冲破了上面的冰层，将他们的去路挡住了。等到他们终于到达奴科鲁克盖陀时，整个宿营地都已做好了迎接他们的准备。不过关于那次大会师的情形，还是请在座的鲁勃神父说吧，因为是他主持了那次仪式。"

在新老教徒的热烈掌声中，耶稣会的教士鲁勃神父摘下了嘴里的烟斗，现在他能做的只有向大家报以温暖的微笑，以表达他的谢意。

"老天啊！"路易斯似乎还沉浸于这段浪漫的奇情史中，他不无叹息地说，"噢，印第安小妞，勇敢的梅森，上帝啊！"

当铁皮杯盛的潘趣酒在大家手中轮了一圈后，"混江龙"贝托斯跳了起来，口中高唱起他每醉必唱的饮酒歌：

> 俺是亨利·沃德·彼彻，
> 和江湖师父在一起，
> 痛饮黄樟树根的汁液。

　　　　那玩意儿，如果确切地来说，
　　　　打个赌，你会叫它——
　　　　伊甸园的苹果汁。
　　　　噢，伊甸园的苹果汁。

　　这时，兴致高昂的酒徒们也齐声应和：

　　　　噢，伊甸园的苹果汁，
　　　　那玩意儿，如果确切地来说，
　　　　打个赌，你会叫它——
　　　　伊甸园的苹果汁。

　　大家说的说，笑的笑，唱的唱，哼的哼，甚至还有人
侃侃而谈地讲述过去的冒险经历。无疑，基德扣人心弦的
故事把气氛烘得暖洋洋，这些荒原中的莽汉在这融洽的气
氛中打成一片。这些来自异国他乡的人们时而举杯为对方，
时而为所有人祝酒干杯。英国人普林斯的祝酒词是："为新
世界的奇葩山姆大叔干杯。"美国人贝托斯说："为女王陛
下干杯，愿上帝保佑我的王。"路易斯和德国商人梅耶思也
一起为阿尔萨斯和洛林碰杯。接着，基德也手端酒杯站起
身来，他先看了一眼足有三英寸厚积雪的油纸窗，说："祝
那些今晚还在小路上跋涉的汉子们身体健康，路途平安；
愿他们的粮食有富余，愿他们的狗跑得欢，愿他们的火柴

都能燃起亮光。"

叭！叭！屋外面突然传来一阵熟悉的狗鞭声、爱斯基摩狗呜咽的悲嗥声以及雪橇压雪停靠在小屋旁的声音。大家停止了所有动作，静了下来，一起朝门的方向望去。

"很显然，这是一个古道热肠的人，你看他是先顾狗，然后才顾人。"基德小声对普林斯说。小屋外，撕咬声、嗥叫声和哀号声搅成了一片，小屋里的人用他们敏锐的耳朵一听，就明白是来人在赶开他们的狗，以便给自己的狗喂食。没多大工夫，敲门声就响起了，节奏有力，听来充满自信。门开了，走进来了一个人。耀眼的灯光打在他的脸上，他在门口停了一下，大家趁此机会把他打量了一番。

这个大汉的模样很惹人注目，就如同刚从油画上走下来的人物。他穿一身北极的毛皮装，身高足有六英尺二三，虎背熊腰大抵就是他这个样子吧。他的胡子刮得很干净，一张红得发亮的脸一看就知道是被烈风常年吹打的，又黑又浓的睫毛和眉毛上满是白霜，巨大的狼皮帽护耳和护领微微往外翘着，仿佛是黑夜中显形的冰雪之神。他的毛上衣外面扎了条子弹带，上面别着两支大号柯尔特左轮手枪和一把猎刀。他的手中除了那根几乎不离身的狗鞭外，还提了一杆最大号、最新式的无烟来复枪。这时，他迈步走了上来，步子虽然沉稳轻捷，却依旧掩盖不住他强烈的疲惫感。

"我说哥们，你们这里有什么提神的东西？"陌生人一点儿也不拘谨，一声爽朗的问话立即便把冷场的气氛一扫而光，于是，大伙一下子又活跃起来。只那么一眨眼的工夫，基德的手和陌生人的手已经握在了一起。他们虽然从未谋面，却彼此都有所耳闻。一番介绍后，陌生人被强灌了一大杯潘趣酒，这才算有机会说明来意。

"那辆三人乘坐、八匹狗拉的雪橇大概过去多久了？"他问道。

"整整两天了。你在追他们吗？"

"是的。唉，这些畜生让他们从我鼻子底下溜掉了。不过我已经和他们缩短了两天的距离——到下个支流我就可以赶上他们了。"

"我猜他们可能会动武吧？"为了不让谈话的兴致冷却，大吉姆这么问，因为他发现这时候基德已经放上咖啡壶，正忙着煎熏肉和麋鹿肉呢。

陌生人意味深长地拍拍他的左轮枪。

"你是什么时候离开道森的?"

"十二点。"

"昨夜吧?"问话的人语气听上去很笃定。

"是今天正午。"

人堆中发出一片惊讶的低语。也难怪他们惊讶,因为这时才过子夜,他竟然用了十二个小时就赶了七十五英里的崎岖河道,这是谁都很难办到的。

过了一会儿,大家谈话的方向突然变了,竟转到童年的话题上。当这位陌生人吃着粗劣饭菜时,基德这才有机会细细地端详他的脸。其实不用细看,就可断定这是一张十分坦诚的脸,并且这张脸会很容易让周围的人感到愉悦,虽然他年纪尚轻,可是苦难已在这张脸上侵蚀出一道道的皱纹。还有他那双海蓝的眼睛,谈话时流露着一种宽容,憩息时又透着一种淡泊,却能让你相信,一旦行动起来,特别是出现意外时,那海蓝的眼底一定会迸出钢铁般的光芒。他的颌骨宽大刚劲,下颌很是方正,让他那种不屈不挠和桀骜不驯的气质呼之欲出。不过,尽管他的脸上有着雄狮般的威猛,但同时也氤氲出一道不易察觉的柔情,这便是他钟情的特质。

"我和我太太就是这么结婚的。"大吉姆说，他在总结他那段感人的求婚历程。"'我们来了，父亲。'我太太说。'你们下地狱去吧，'她父亲这么对她说，然后转向我，继续说，'吉姆，你把你那身好衣服脱了，晚饭前你必须把右边那四十顷地耕出来。'说完这句话，他又转头对我太太说，'还有你，莎尔，你给他们做饭。'说完，他吸了一口鼻气，吻了我的太太。我当时真是开心极了。但他瞧见了我，还对我大声吼道：'你，吉姆！跟你说，我打扫过谷仓了。'"

"美国那边还有孩子等你吗？"陌生人问大吉姆。

"没了。来这儿之前，莎尔就死了。这也是我来的原因。"说到这里，大吉姆的神情有些恍惚，他举起手来想给烟斗点火，其实烟斗本来就没有熄灭，接着他像回过神来似的问道："你呢，陌生人，成家了吗？"

陌生人没有回答，只是打开了他的表，从当作表链子的皮条上摘下来，然后递了过来。大吉姆挑亮那盏昏暗的油灯，细致地端详着表匣里的物件，只见他的眼睛突然一亮，马上便忍不住赞叹了，接着他把表匣递给路易斯。"我的老天啊"他重复了几遍这样的话，才又把它交给普林斯。大家都注意到他的双手哆嗦起来，眼里流露出一种柔情。

就这样，表匣在一双双粗硬的大手间传看着——里面贴着的是一张女人的照片，是这些男人最喜欢的小鸟依人的那种女人，女人的怀中还抱着一个婴儿。还没有看见这奇迹的人都忍不住争先恐后地好奇起来，而已经看过的人却都默默无言地陷入回忆。他们都是勇敢且坚强的人，他们不怕面对饥饿的煎熬、疾病的折磨，也不怕暴死在荒野上或血泊中，然而这张女人和孩子的照片却使他们全都变得如同女人和孩子那般的无助。

"我还没见过这小子呢——她说是个男孩，已经两岁了。"陌生人接过他的宝贝说，又恋恋不舍地对着照片凝视了片刻，之后他就"叭"的一声将匣子合上，转身默默走开，但却没有来得及掩饰他难以止住的泪珠。基德把他带到一张床前，要他先休息。

"四点整叫我。一定要记得。"他说完这话，没一会儿，就陷入了深沉的睡眠。

"天哪！他可真是条好汉，"普林斯说，"赶狗跑了七十五英里，再睡三个小时，又要上路。他是谁啊，基德？"

"他叫杰克，来这儿干了三年，什么也没得着，真是倒霉透了。之前从没和他见过面，只是听查理跟我说起过。"

"有这样的娇妻，却在这个鬼都难熬的地方白花力气，可真不容易。"

"他倒霉就倒霉在太顽固了。有一块地，他标了两次，但两次都弄丢了。"

话刚聊到这儿，就被大吉姆的一阵喧哗打断了，瞬间，大家刚刚为那陌生人黯然神伤的气氛被大吉姆的喧闹声赶走了。生活的种种苦难在狂放的宴饮中消融得一干二净。只有基德一人一副心神不定的模样，他焦急地频繁地看着表。有一次，他还戴上手套和海狸皮帽子跑到屋外，在地窖里折腾了一通。

基德显然是等不及了，便提前一刻钟叫醒了客人。此时，大块头的陌生人浑身已经僵硬，基德就给他使劲揉搓一通，他这才站立起来。起床后，他咬着牙，跌跌撞撞地走出屋子，竟发现他的狗已上好了套，一切都备好了，大家你一言我一语地都祝他好运，希望他能尽快追上。神父匆匆为他祝福后，就领着众人冲回了小屋。这也正常，毕竟外面天寒地冻，露着两耳两手站在 - 74℃ 的风雪中那真是要人命的。

基德送他上路，紧握着他的手，叮嘱了一番。"雪橇上给你带了一百磅鲑鱼子，"基德说，"靠这些鱼子，狗能跑得和带一百五十条鱼一样远。佩利那个地方你是弄不到狗粮了，也许你原来打算到那儿弄的。"

陌生人听了基德的话，一时间愣住了，他双眼闪着泪光，不过他没有说什么。

"在到达五指山前，一粒狗粮和人粮你都弄不到的，那可是很难走的二百英里路。你要留心看着没结冰的河面，也就是三十英里河那儿，一定要走巴尔杰湖最上面的那条宽敞的近道。你一定要记住了"基德继续嘱咐他说。

"你是怎么知道的？消息不可能已经传在我前面了吧?"

"我不知道，也不想知道。但是我知道你追的那队狗不是你的，是查理去年冬天卖给他们的。不过他跟我说起过你不错，我信得过他。我看了你的面相，也和我想的一样。而且，我还看见——噢，你他妈的泪汪汪的样子和你的老婆与……"基德说着脱下手套，从腰间搜出了自己的钱袋。

"不，我不需要。"他紧紧捉住基德的手，泪珠在他的面颊上结了一层薄冰。

"那到时候你就不要顾惜狗，一倒地就马上丢开。然后花钱买好的，十块钱一磅也别嫌贵。在五指山、小沙蒙和胡塔林卡这些地方都能买到。另外，你还要注意保持脚的干燥，"他最后说，"一次要跑二十五英里，要是跑不动了，就生火，换双干爽的袜子。"

杰克走了，还不到一刻钟的时间，一阵叮当的铃声便由远而近。小屋的门被推开了，走进来一位西北骑警，后面跟着两个混血赶狗人。他们和那个陌生人杰克一样，也是武装到了牙齿，同样散发着浓重的倦意。那两个混血人可能从小就在小路上跑来跑去的，倒是没有多大问题；那年轻的骑警却已是透支过度了。但警察特有的那份执着仍然使他保持着进来时的气势，并且在接下来的时间里还将支撑着他，直到他昏倒在路上为止。

"杰克什么时间走的？"他问，不等大家回答，他接着说，"他在这儿停过，是吗？"

他这句话简直就是明知故问，因为地上的痕迹已经表明了这一切。

基德看向大吉姆，大吉姆也感到情况不妙，含糊地说："有好一阵子了。"

"好了，伙计，你还是说清楚点。"警察劝道。

"你们好像很着急要找他，难道他在去道森的路上惹你们了？"

"他抢了哈利家四万块，然后去太平洋港湾公司的商店换成了一张在西雅图支付的支票。要是我们不追上他，谁去阻止支票承兑？他什么时候走的？"

基德向每个伙伴都眨了眨眼，大伙意领神会全都呆着眼，一语不发。于是，年轻的骑警看到是一张张死板的脸。他大步走到普林斯身边，把这个难题放在了他的面前。普林斯凝视着自己同胞那张恳切的脸，心里真是难过极了，但他还是含含糊糊地不知说什么才好。骑警便用他审视的眼睛从眼前这一张张脸上看过去，终于，他发现了一张脸，他相信这脸不能说谎，因为这是一张神父的脸。

"一刻钟以前，"鲁勃神父回答说，"不过他和他的狗都休息了四个小时。"

"走了十五分钟了，而且还吃饱睡足了，我的上帝啊！"这个倒霉蛋警察嘴里唠叨着，然后念叨着什么从道森一口气跑了十个小时啊，狗都快死光了啊，说着说着他就晃晃悠悠地向后退去，疲倦和无望差一点让他晕倒在地。基德硬给他灌了一大杯潘趣酒，他才算定住了神。然后，他转身走向门口，嘴里招呼那两个混血儿的赶狗人跟上。很显然，他们的分歧极大，毕竟温暖的小屋和近在咫尺的休息真是太诱人了，基德能懂法语的方言，便倾听着他们的话。他们赌咒说狗都不中用了，跑不了一英里地就得将西瓦施和巴贝特这两条狗射杀，当然，其他狗也强不了多少，照目前的情况看最好他们都能歇口气。

"能借我五条狗吗？"警察转向基德问道。

基德摇了一下头。

"我给你开一张五千块的支票，授票人是康斯坦汀上尉——这是我的证件——我是有权随意开填支票的。"

基德还是一声不吭，冷冷地拒绝了。

"如果这样的话我就要以女王的名义征用了。"

基德笑了，满不在乎地朝他装满长枪短枪的武器架瞅了一眼。那警察立刻明白他的意思，只好无可奈何地转身向门口走去。不过那两名混血儿赶狗人还在反对，警察有些怒了，便猛地冲向他们，大骂他们是娘儿们、杂种。那个年纪大点的混血儿也不示弱，立马跳了起来，黝黑的脸紫胀着，咬着牙，把一个又一个字吐了出来，赌咒要把他的两条腿跑断，并且很高兴让他葬身雪地里。

青年骑警不再说话，他强打起精神，用尽全身的力气才让自己不至于太狼狈地走向门口，作出一副雄壮的样子。大家心里都明白，暗自佩服着他的敬业。只是他脸上的表情犹如波涛起伏，阵阵痛苦在他的脸上明显地震荡着。狗身上披满了冰霜，蜷缩在雪地里，让它们站起来几乎都不可能了。两个赶狗人因愤怒而变得残暴，狗在疯狂的皮鞭下哀号。直到赶狗人把领头狗巴贝特从套索上解下来后，这群狗才算拉动雪橇上路。

"这个下三滥的恶棍加骗子！"

"老天啊，他真不是东西！"

"这个强盗！"

"印第安人都不如！"

小屋里的人显然愤怒了，一方面是因为他们被哄骗了；另一方面是因为北国的行为准则遭到了破坏。诚实在这里被视为超越一切的品质。

"更可恨的是，在了解到这个浑蛋的行为后，我们还帮了他。"然后所有严厉的目光都射向基德，他一直在屋角处照料巴贝特，此刻他站起身来，一声不吭地给每一位斟上最后一杯潘趣酒。

"今天晚上，真是冷透了啊，弟兄们，真是冷到骨头里了。"这是基德的开场白，他的话让大家摸不着头脑。"你们都在风雪小路上跋涉过，都应该明白这滋味。所以请别乱说。你们只知其一，不知其二。像你们或我，同锅吃过饭、同毡睡过觉的这些白人，没有谁比杰克更清白一些。去年秋天他把他所有的收获——四万元交给小乔买进靠近加拿大自治领的金矿地。说起来到今天他本该是个亿万富翁了。可是在他留在环城照顾患病的伙伴时，小乔干了什么事？他进了哈利的赌场，他输得很惨，最后把四万全输干净了。第二天有人发现他死在雪地里。可怜的杰克本来计划好今年冬天要回到妻子和还未见过面的儿子的身边，可就连这样简单的愿望也泡汤了。你们该注意到他拿走的恰是他伙伴输进去的钱的数目——四万。好吧，如今他已经走了，为这事，你们想干点什么？"

基德从众"法官"的脸上一一看过，此刻，所有冷冰冰的脸全都开颜融化了，取而代之的是暖若春阳的笑容。

这时，基德便举起酒杯，说："祝那些今晚还在小路上跋涉的汉子们身体健康，路途平安；愿他们的粮食有富余，愿他们的狗跑得欢，愿他们的火柴都能燃起亮光。愿上帝保佑他，幸运跟着他，还有——"

　　小屋里响起了一阵乒乒乓乓声，那是人们摔了一地的空杯子的声音。这时"混江龙"贝托斯大吼道："愿骑警——晕头转向，找不着北！"

面对意外

　　眼前的事物，是很容易看见的。意料之中的事情，也总是不难对付。每个人都喜欢过安适的人生，正如人们常言：一动不如一静。人类越文明，生活也就越安适，所以在文明社会里，人们做事的条理很清晰，很少会有意外状况发生。当然，一旦出了意外，那么问题就严重了，像那些对突发状况适应能力不强的人很容易就没命了。这些人往往看不到阴影里的事物，应对意外的能力很差，也无法调适自己原有的生活习惯，他们很难融入新的、陌生的生活。总之一句话，当他们习惯的生活无法再继续下去时，那么一条死路也就在他们面前展开了。

当然，也有一些善于生存的人，假如他们迷失方向，或者不得不离开自己所熟悉的环境走上一条全新之路时，他们也能很快地让自己顺应新的生活。伊迪茨·惠特尔塞就是这样的一个人。她出生在英格兰的一个小乡村，那里的生活，向来都是一成不变的，一丁点儿的越轨之举都会让人们感到意外，甚至还会被认为是不道德的举动。

伊迪茨很早就参加工作了，按照当地的传统习俗，在她还是一位少女时，就已然成了一位贵妇的侍女。

说到文明，其效力就在于它能迫使环境服从人类，令它变得跟机器一样听从人类的支配。如此，意外的事情不会有，一切尽在人类的掌握之中。更甚至，人能雨淋不湿，霜冻不冷，就连死亡，也不是那样恐怖和不可捉摸的，它会随时潜伏在你的周围；也就是说它已成为一幕事先安排妥当的剧，能够稳妥地演到进入家族坟墓的高潮，不但不会让墓门上的锁链生锈，就连空气中的灰尘也要日日地打扫干净。

伊迪茨便身处在这样的环境中。从出生以来，她的成长之路可谓一路平安。

二十五岁那年，她陪女主人去美国旅游了一次，可是这也算不得什么。她的路依旧是一帆风顺，只不过在行走的时候掉了个方向。这条横跨大西洋的水路，一路顺风顺水，所以，船也不称其为海船，更多像是一座宽广的、有许多走廊的旅馆。这个海上旅馆在海里迅速而平稳地移动，凭着它那笨重的身体，把浪涛制得服服帖帖的，海洋也成了一个安静单调的磨坊水池。到了大西洋彼岸之后，伊迪茨所走的这条路在陆地上继续向前铺展开。无疑，这是一条安排得很好，又很体面的路，在每一个落脚的地方都有许多旅馆，而且在那些落脚点之间，还有许多装上了轮子的旅馆。是的，装上了轮子的旅馆，就像她之前乘坐的那艘海船一样。

伊迪茨和她的女主人在芝加哥住了一些日子。那时候，她的女主人看到了社交生活的一面，而她看到的却是另一面。直到她向她的女主人提出辞掉差事变成伊迪茨·纳尔逊之后，她才显露出一点儿她的才能，当然，她只稍微显露了一下，以此来表示她不仅能应付意外，而且还能控制意外。

再说这个汉斯·纳尔逊，他是个木匠，原籍瑞典，移民到芝加哥。他身上充满了条顿人孜孜不倦的精神，也正因为有了这种精神，这个民族才不停地向西方进行伟大的冒险事业。

汉斯·纳尔逊是一个典型的身强力壮，头脑迟钝的人。不过他虽然缺乏幻想和创造力，却有着无穷的进取心，而且他对爱情的忠诚，一如他的体魄一样坚强。

"等我再辛苦地干一段时间，攒够了钱，我就要到科罗拉多去一趟。"结婚的第二天，汉斯·纳尔逊对伊迪茨说。

一年之后，他们真就来到了科罗拉多。汉斯·纳尔逊在那里头一次采矿，就染上了采矿热的毛病。为了勘探金矿银矿，他几乎走遍了南北达科他、爱达荷以及俄勒冈州的东部，后来，他又来到了英属哥伦比亚的群山里面。无论是宿营还是走路，伊迪茨总是和他同甘共苦，任劳任怨从无怨言。从前，她在做家庭妇女时走的是小步，如今跟着汉斯各处奔走，早已变成了登山越岭的大步。此外，她还学会了用冷静的眼光和清醒的头脑来应对危险，再也不会像过去那样吓得不知所措了。

那种出于无知的恐惧，大抵是生长在都市里的人的通病吧，它会让人们变得如同一匹笨马一样愚蠢，一旦受到惊吓就僵在那里，听天由命，不敢去做一丁点儿的挣扎和反抗，再不然，就是吓得四处奔逃，你拥我挤的，把路都给堵住了。

这一路上，伊迪茨总是遇到一些意外的事情，自然，她的眼光也锻炼出来了，她不仅能看到水光山色中很明显的一面，还能看到其中隐秘的很难窥探到的一面。就连她这个从来没有下过厨房的人，竟然也学会了不用忽布花、酵母或者发面粉就可以做面包的本事。她学会了用普通的锅子，在火堆上烘面包；遇到连最后一块腌猪肉也吃完了的时候，她也能够当机立断，用鹿皮鞋或者行李里比较软的皮子，做成代食品来食用，这样做至少可以让他们保全性命，勉强继续走下去。她还学会了套马，套得跟男人一样棒——这可是一件令人自豪的事情，要知道无论哪个都市人干起这个活来可都是要灰心的。她知道哪一种行李该用哪一种方法捆扎；在倾盆大雨的日子里，她还能够用湿木头生火而从不发脾气。总之，无论面对怎样的环境，她都能够应付自如。只是，那些大的意外还没有到来，所以，她还没有受过如此的考验。

当时，寻找金矿的浪潮正热，大量的人开始向北涌到阿拉斯加，因此，汉斯·纳尔逊同他的妻子伊迪茨也不可避免地给卷进了这股热潮，向克朗代克地区行进。

1897 年的秋天，他们来到了狄亚，因为没有钱，他们无法带着行李穿过契尔库特山隘，再从水路到道森。所以，这一年的冬天，汉斯·纳尔逊便干起了他的老本行，帮着大家一起建设这个应运而生，供应行李用品的史盖奎镇。

汉斯·纳尔逊觉得自己就像停留在黄金国的边缘上似的，整整一个冬天，他都觉得全阿拉斯加都在召唤他。其中，以拉图亚湾的呼声最高。所以，在 1898 年的夏天，他和妻子伊迪茨就乘着长约七十英尺的西瓦希木船，顺着曲曲折折的海岸线一路摸索前进。跟他们一起的，还有许多印第安人以及三个白人。那些印第安人负责把大家的给养运到离拉图亚湾约一百英里的一个小地方。那个地方很是荒凉。登陆之后，那些印第安人就回到史盖奎镇去了，不过那三个白人留了下来，因为他们跟汉斯·纳尔逊夫妇是搭伙的。当然，所用的费用由大家一起摊，等以后赚了钱也由大家一起分。在这段时间里，伊迪茨负责给大家烧饭，她付出了劳动，自然将来也可以跟大家一样分到一份好处。

首先，他们砍了许多枞树，造了一幢有三间房的木屋。伊迪茨负责的任务是操持家务。男人们的责任则是去找金矿，并且一定要找到金矿，当然，这些他们都办到了。说起来，这并不是什么惊人的发现，这个所谓的金矿其实就是一个贮藏量很低的冲积矿床，一个人一天要付出很大的辛苦，才能得到十五到二十块钱的金砂。

这一年，阿拉斯加一向短暂的夏天似乎比往年长了许多，为了利用这个难得机会，他们一直在推迟回史盖奎镇的时间。而等到他们终于要走的时候，已经太晚了。原本，他们是跟当地的几十个印第安人约好的，趁他们在秋天到沿海一带做生意的机会，和他们一块回史盖奎镇。那些西瓦希人一直等着他们，直到不能再等了他们才动身走了。现在，汉斯·纳尔逊他们除了等待机会搭船以外，已经没有别的路可走了。在这段时间里，他们只好继续挖矿，直到把金矿挖空，他们又砍了许多木柴贮存起来预备过冬时用。

晚秋时分，天气分外暖和，就像梦境一般，好天气持续不断，突然间，在锐利的呼号声中，冬天就这样猝不及防地来了。一夜之间，天气就变了，待到这几个淘金者醒来，早已是狂风怒号，大雪漫天，千里冰封了。一个接着一个的风暴呼啸着，在间断的时候，四外是死一般的寂静，只有荒凉的海岸上澎湃的浪潮打破这一片沉寂，浓霜一样的盐在海滩上镶了一条白边。

好在，木房子里面的一切都很好。汉斯·纳尔逊把他们挖到的金砂已经称过了，大约能换到八千块钱，对于这个结果，大家也都很满意。几个男人都做了雪鞋，出去打一次猎就可以带回许多新鲜的肉，他们把这些肉贮藏起来，来应付整个寒冬。慢慢长夜中，他们不停歇地玩起纸牌来，有时玩惠斯特，有时玩五点。既然采矿的工作已经结束，伊迪茨便把生火洗盘子的活儿交给了男人们去做，而她自己则给他们补补袜子、缝缝衣服什么的。

　　在这个小木屋里，他们生活得倒也安乐。他们从来没有发生过抱怨、口角，或者无谓的吵闹，毕竟大家的运气还算不错，辛苦了一季总算有了收成，所以他们常常彼此庆贺。汉斯·纳尔逊头脑迟钝，性情随和，自然很容易和人相处。而伊迪茨待人接物的本领也很独到，对此，汉斯早就非常钦佩。哈尔基，是个又高又瘦的德克萨斯州人，虽然他平素沉默寡言，性情孤僻，可是却非常和气，只要没有人来反对他那种金子会生长的论调，他跟大家还是相处得很好的。这群人中第四位是麦克尔·邓宁，他的爱尔兰的情趣无疑给这所木屋子里的人们带来了欢乐。他身材高大，很健壮，也很有气力，平时容易为了一点小事突然发火，可是一旦遇到事态重大、局面很紧张的时候，他的脾气却又是很好的一个。其中的第五位，也就是最后一位，他的名字叫达基，是一个甘心为大家充当小丑的人，只要能让大家高兴，他甚至可以拿自己来开玩笑。仿佛他一生为人，就是为了引人发笑而存在的。

　　大家从建造起这幢木房子生活在一起之后，生活一直都很平静，从来没有发生过严重的争吵。想想看，他们只干了短短的一个夏季，每人就可以得到一千六百元，这可是相当丰厚的收入，所以，这所木屋子里充满富裕满足的欢乐气氛也是自然的了。

只是，意外总是会在人们最幸福的时刻降临。这群人也不例外，很快，他们的生活中就发生了意外的事情。

这一天，他们刚坐下来准备吃早餐，这时候，已经八点钟了（自从淘金停止后，他们用早餐的时间也自然而然地推迟了），可是还得点着那支插在瓶口里的蜡烛来吃东西。伊迪茨和汉斯·纳尔逊面对面坐在桌子的两端。哈尔基和达基则背朝着门，坐在桌子的一边。在他们的对面空着一个位子——麦克尔·邓宁还没有来。

汉斯·纳尔逊先是瞧了瞧那个空着的椅子，然后慢慢地摇摇头，他打算卖弄一下他那笨拙的幽默，于是说："平常吃东西，他总是第一个到。今天简直太奇怪了。难道是他生病了？"

"麦克尔·邓宁到哪儿去啦？"伊迪茨问。

"他比我们起来得早一点，一个人到外面去了。"哈尔基回答说。

这时达基脸上露出调皮的笑容。他装作知道邓宁为什么没来，并摆出一副神秘的样子，以此来引诱大家前来询问。

伊迪茨先到男人们的卧室里看了一下，回到桌子边来。

汉斯·纳尔逊用一副询问的表情看看她，她摇了摇头。

"他以前吃饭，从来不迟到。"她说。

"我可真不明白，"汉斯·纳尔逊说，"他的胃口一向大得像马。"

"这太糟啦！"达基悲伤地摇着头说。

就这样，因为一个伙伴没来吃早餐，他们便借此开起了玩笑。

"这可真是太不幸了！"达基只好主动地开了个头。

"什么?"他们异口同声地惊问。

"可怜的麦克尔呀。"他凄惨地回答道。

"麦克尔究竟出了什么事?"哈尔基问道。

"我想他再也不会饿啦，"达基悲伤地说，"他是没有胃口啦。这种伙食他以后不会喜欢了。"

"不喜欢？他吃起来，几乎连耳朵一同浸在盆子里。"哈尔基说。

"他那样做，是出于对纳尔逊太太的礼貌，"达基立刻反驳说，"这个我明白，我明白，真是太糟啦。为什么他不在这儿呢？因为他出去了。出去干什么呢？因为他需要开开胃。怎么才能开胃呢？他光着脚在雪地中走路。哎呀！难道我还不明白这种事情吗？有钱的人一般遇到胃口不开的时候，就是用这个方法来开胃的。你们也知道，麦克尔有一千六百块钱。他现在是个有钱的人了，有钱人很容易没胃口的。所以呀，这就是他想法子开胃的原因。不信，你们就看看，只要把门打开，就会看见他光着脚在雪里走路。不过，他的胃口你们是看不见。这就是他的麻烦。等他找到了胃口，他就会抓住它一起回来吃早饭啦。"

达基的胡言乱语把大家引得一阵笑。笑声未停，门就开了，麦克尔·邓宁走了进来。大家都回过头来看着他，发现他手里正提着一支猎枪。就在大家看他的时候，他已经把枪举到肩头，开了两枪。第一颗子弹刚打出去，达基就趴倒在桌子上，咖啡也被他撞翻了，一头乱蓬蓬的黄头发浸在了他那盆玉米粥里。他的前额压在盆子边上，盆子翘了起来，跟桌面形成一个四十五度的角。

受到惊吓后，哈尔基也跳了起来，就在他的身子还停在半空时，第二枪又响了，哈尔基便脸朝下直直地栽倒在了地板上。

"我的天！"这句话在达基嗓子里咕噜了一声，就什么也听不见了。

谁能料到会发生这样的事情，汉斯和伊迪茨也都给吓坏了。他们紧张地坐在桌子旁边，浑身颤抖着，眼睛像中了魔似的，盯着那个杀人凶手。他们从火药的烟雾里，隐隐约约地看到了他。这时候，房间里只剩下一片寂静，唯一的声音来自达基的那杯倒翻的咖啡落在地板上的"滴滴答答"。

这时，邓宁拆开猎枪的后膛，抽出了子弹壳。他一手端着枪，另一只手又伸到口袋里去掏子弹。

就在他要把子弹装上膛的时候，伊迪茨突然清醒了过来。他这明明是要打死汉斯和她呀。这个意外来得太可怕，太让人费解了，她一时间无法接受，才神智迷惑、精神麻木了大约三秒钟。不过紧接着，她就发现了邓宁接下来的举动，于是挺身而出，跟他进行对抗。她是真的和邓宁展开了一场战斗，她像猫一样迅速地跳到凶手面前，用两只手揪住他的衣领。她的这一撞，撞得邓宁踉踉跄跄，不禁往后退了几步。

邓宁是想快些把伊迪茨甩开的，可是他又不肯放弃手里的那支枪。想要轻易甩掉伊迪茨可不容易办到，因为她结实的身体此时已经变得像猫的身体一样了。她灵敏地掐住邓宁的脖子，用尽全身的力量向旁边一拉，差一点就把邓宁摔倒在地板上。当然，邓宁也不示弱，他立刻站直身子，飞快地转起来。由于伊迪茨抓得很紧，所以她的身体也跟着邓宁转了起来，一双脚也离开了地板。她只得用手更紧地抓住他的脖子，索性悬空转了起来。转了一会儿，她的身体突然撞在了一把椅子上，就这样，这一男一女就在疯狂的搏斗下，一齐摔倒在地板上。

碰到这种意外，汉斯·纳尔逊也开始行动了。但比他妻子迟了半秒钟的时间。他的神经和头脑都比他的妻子反应慢一些。因为感觉比较迟钝，他需要多用半秒钟才能看明白眼前的情况，他定睛看了看，迅速地拿定主意开始行动。伊迪茨已扑到邓宁面前，掐住他的脖子，纳尔逊才跳起来。可他没有她那样冷静。他是气疯了，就像古时喝醉了酒混战的武士那样，怒气冲天。只见他从椅子上一跃而起，嘴里发出一种半像狮吼半像牛鸣的巨大声响。伊迪茨同邓宁的身体已经旋转起来了，他还在那儿咆哮嘶吼，接着，他就在房间里到处追赶这股旋风，直到他们摔在地板上了，他才算追到。

汉斯·纳尔逊一下子扑到那个躺平了的男人身上，拳头便像冰雹一般砸向他，这些拳头就和打铁的锤子一样。后来，伊迪茨觉得邓宁身上好像没劲了，才算松开手，一个翻身滚到一边。她实在是累坏了，躺在地板上，一边喘气，一边观察。汉斯·纳尔逊冰雹般的拳头还在一下一下地砸向邓宁。而此时的邓宁似乎已经毫不在意，他甚至连动也不动。这时，伊迪茨才想起他是昏过去了，于是连忙大叫着让汉斯·纳尔逊停手。见丈夫没有停手，接着她又喊了一遍。可是任凭她怎么喊，他就是不理。她去抱住他的胳膊，他还是不理，只是由于被她抱着，他挥起巨拳来不大方便罢了。她没有办法了，只好把自己的身体挡在丈夫和那个不再抵抗的凶手之间。她的这种举动，并不是出于理智，也不是出于怜悯，更不是为了服从所谓宗教的戒律，从某种程度上说，她的这种举动，是出于一种法律精神，这是她从小就养成的道德观念驱使她这样做的。

终于，汉斯·纳尔逊停下手来，他是发觉自己的重拳打在自己妻子身上时才停手的。这次，他驯服地听凭伊迪茨把他推开，就像一条听话的大猛犬被主人赶开了一般。

汉斯·纳尔逊的喉咙里，哼着一种只有野兽才有的余怒未息的猖狂之声，有好几次，他都忍不住想要跳回去，扑到那个杀人凶手身上，好在伊迪茨飞快地用身体挡住了他。

伊迪茨一步接一步地把丈夫向后推。她从没见过丈夫现在的这副模样，她觉得他的神情比邓宁最凶时的表情还恐怖。她几乎不能相信这只狂怒的野兽就是她的纳尔逊；她不禁哆嗦了一下，一种深深的恐惧本能地从她的内心深处升了上来，她开始担心他会跟发狂的野兽一样来咬她的手。至于纳尔逊，他虽然不想伤害她，却又不甘心就此罢休，仍然寻找机会回身再打。有好几秒钟，他总是忽而往后退，忽而向前扑。因此，伊迪茨就必须坚决地挡在他前面，直到他恢复了理智，平静下来。

两人站了起来。汉斯·纳尔逊晃晃悠悠地退回到墙边，靠在那里喘息着。他脸上的肉抽搐着，喉咙里时时发出嘶吼，不过声音已经低下去了，又过了几秒钟，他的嘶吼就停止了。现在，情况好像是反过来了。换成伊迪茨站在房间中央，她绞着手，大口大口地喘起粗气，浑身猛烈地颤抖着。汉斯·纳尔逊什么也不看，不过伊迪茨的眼睛倒是狂热地在房间里来回张望，打量着眼前的一切。

此刻，邓宁就躺在那儿，一动不动。刚才被邓宁和伊迪茨在飞转之中撞翻了的那把椅子，就倒在邓宁的身边。那支猎枪一半压在他身下，后膛仍然是拆开的。两颗没有装上膛的子弹，已滚出了他的右手，原本他是捏得很紧的，直到被汉斯·纳尔逊打昏了过去之后才松手的。

死去的哈尔基脸朝下，就倒在他摔下去的那个地方；达基呢，还是向前伏在桌子上，一头乱蓬蓬的黄发依旧浸在他那盆玉米粥里。那个盆子仍然翘起一边，跟桌面形成一个四十五度的角。正是这个翘起来的盆子令伊迪茨感到极为怪诞。它为什么这样立着呢？居然一直不倒，这简直太不合乎情理了。虽然房子里躺着几具死尸，但是那只盛粥的盆子这样翘立在桌子上，还是很令人诧异的。

伊迪茨回头瞅了一眼邓宁，一双眼睛又马上回到了那个翘起的盆子上。这真是太不合乎情理啦！她这么想着，突然有一种想笑一下的歇斯底里的冲动。接着她注意到了房间里的寂静，她开始期望发生点什么，这样她就可以把那个盆子忘掉。从桌子上滴下去的咖啡还在那里滴滴答答着，声音那么乏味，让原本就很安静的一切更寂静了。为什么汉斯·纳尔逊一动不动呢？为什么他不说话呢？她盯着他，想说点什么，这时她才发现自己的舌头早已僵住了。她的嗓子里顿时有一种疼得很奇怪的感觉，嘴巴又干又苦。她只能盯着汉斯·纳尔逊，而汉斯·纳尔逊也在盯着她。

突然，一声锐利的金属响动，击碎了这一片寂静。一声尖叫从她的嗓子里跳出来，她马上掉转目光望向那张桌子。那个立着的盆子终于倒下了。这时，汉斯·纳尔逊发出一声叹息，仿佛刚从梦里醒来。盆子"回归正常"的声音，让他们想到了今后将要生活在一个新的世界里。而这所木房子，就是他们以后要生活行动的那个新世界了。原来木房子中的生活在第一声枪响的时候就已经粉碎了。眼前全然是一种新的、陌生的生活。

这个意外的发生，在事物的表面施了一层魔法，更换了它们的远景，改变了它们的价值，把现实和梦境交织起来，弄得人不知所措。

"我的上帝呀，纳尔逊！"伊迪茨终于喊出了第一句话。

纳尔逊没有说话，只是满脸恐怖地瞪着她。他的眼睛慢慢地把房间扫视了一遍，直到这时，他仿佛才全弄明白。接着，他戴上帽子，朝门口走去。

"你要到哪儿去？"伊迪茨十分担心地问。

纳尔逊已经抓住了门上的把手，他扭转半个头，回答说："我去刨几个坟。"

"纳尔逊，别让我一个人留在这儿，跟这些——"她说着向整个房间扫了一眼，"跟这些尸体待在一起。"

"坟迟早都要刨的。"他说。

"可是你不知道该刨几个坟，"她拼命地反对，看他犹疑不决，她又说道，"再说，我要跟你一块儿去，可以帮帮忙。"

于是，纳尔逊走到桌子旁边，想都没想就吹灭了蜡烛。接着，两人就一块儿检查房间，看看具体的情况。哈尔基和达基已经死了——他们死得很可怕，因为猎枪的射程太近了。纳尔逊不愿意去看邓宁，伊迪茨只好一个人去进行这一部分的检查。

"他没有死。"她对纳尔逊说。

纳尔逊走过去，低下头瞧了瞧这个凶手。

伊迪茨听见汉斯在那里模糊不清地咕噜着什么，就问道，"你说什么？"

"我很丢脸，居然没有把他揍死。"纳尔逊如此回答。

伊迪茨正在弯着腰检查邓宁的情况。

"你走开!"纳尔逊突然非常粗暴地向伊迪茨命令说,声调有点奇怪。

被纳尔逊这样一吼,伊迪茨突然惊慌起来,她瞧了他一眼。这时,他已经抓起邓宁丢下的猎枪,正在把子弹塞进去。

"你要干什么?"她一边喊,一边迅速地挺直了弯下去的腰。

纳尔逊没有回答,可是她看出猎枪正在举向他的肩头,她连忙用手抓住枪口,迅速把它向上一推。

"不要管我!"他厉声喝道。

他打算把枪从她手里夺过来,可是她靠得更近了,已经把他整个抱住。

"纳尔逊!纳尔逊!你醒醒吧!"她大声喊着,"别发疯啦!"

"他杀死了达基和哈尔基!"纳尔逊依旧嘶吼着,"我要打死他。"

"可是这样做是不对的,"她劝说着丈夫,"还有法律。"

纳尔逊冷笑了一声，他不相信在这种地方，法律会有什么作用，他只是固执地、毫无感情地重复着那句话，"他杀死了达基和哈尔基。"

伊迪茨跟他争论了很久，但这只是一种单方面的争论，因为他很固执，总是一再地重复那句话："他杀死了达基和哈尔基。"而她呢，又摆脱不开她从小所受的教育和她本身的民族传统。这是一种守法的传统，对她来说，正确的行为就等于守法。她看不出除了这个，还有什么更正确的路。她认为纳尔逊这种惩治凶手的行为，并不比邓宁杀人的行为来得正当。用错误来对待错误是不对的，现在，要惩罚邓宁，只有一个办法，那就是按照社会上的规定，依法处治。

终于，纳尔逊终于被伊迪茨说服了。

"好吧，"他说，"随你好了。说不定明天或者后天，他就会把你我都打死的。"

她摇了摇头，伸出手要他交出猎枪。他刚要伸手交出去，却又缩了回去。

"最好还是让我打死他吧。"他再次恳求道。

伊迪茨又摇了摇头。纳尔逊没有办法，于是又准备把枪交给她，就在这时，门开了，一个印第安人没有敲门就进来了，在那个人推开门的同时一阵猛烈的风雪刮了进来。他们转过身子，面对着他，纳尔逊手里仍然抓着猎枪，这个不速之客看到这番情景，一点儿也不慌张。他随便扫了一下就看清楚了有死的，也有伤的。他脸上一点儿吃惊的神气也没有，甚至连好奇的样子也没有。哈尔基就躺在他的脚边，可是他理也不理。仿佛对他来说，哈尔基的尸体并不存在。

"好大的风呀。"这个印第安人说了这么一句，算作问候了，"都好吗？都很好吗？"

纳尔逊手里仍然抓着那支枪，他觉得那个印第安人一定以为地上的尸体都是他打死的。他用恳求的目光看着他的妻子。

"早晨好，尼古克，"她说，声音显得很勉强，"不好，很不好。这次出大事了。"

"再见吧，现在我要离开了，事情太多了。"那个印第安人说完，就不慌不忙，十分仔细地从一摊血渍上跨过，然后他推开门，走出去了。

汉斯·纳尔逊夫妇面面相觑。

"他一定以为是我们干的,"纳尔逊上气不接下气地说,"他以为是我干的。"

伊迪茨沉默着,过了一会儿,他用简短而老练的口气说:"他怎么想,我们不用去管,那是以后的事。现在,我们要挖两个坟。不过在那之前,我们得先把邓宁捆起来,免得他跑掉。"

纳尔逊不肯去,他连碰一碰邓宁都不愿意,不过伊迪茨一个人也把邓宁的手脚捆紧了。后来,她和纳尔逊走到门外的雪地里。寒冷的冬天,地已经冻硬了,锄头凿不进去。他们就先弄来许多木柴,然后扫开积雪,在冻结的地面上升起一堆火。一个小时过去了,才烧化了几英寸深的泥。他们把这些泥挖出来,又升了一堆火。按照目前的速度,他们一个钟头只能挖下去两三英寸深。

这是一件十分难办的事。暴风雪刮得很厉害,火总也烧不旺,寒风穿透了他们的衣服,把他们冻得浑身冰冷。他们很少说话。风也不给他们开口的机会。除了偶尔猜测邓宁犯罪的因由以外,他们基本上一句话不说,这场悲剧给他们带来的恐怖就那么悬在他们的心头上。到了下午一点钟的时候,纳尔逊望着木房子那面,说他饿了。

"不成，现在还不行，纳尔逊，"伊迪茨说，"屋子里弄成那个样子，我可不能一个人回去烧饭。"

到了两点钟，纳尔逊主动提出陪她回去，可是她不肯，一定要他干下去。到了四点钟，两个坟才算挖好，坟坑很浅，只有两英尺深，倒也够了。到了晚上，纳尔逊拉出雪橇，在暴风雪的黑夜，他拖着那两个死人向那个冻结的坟墓走去。这简直不像出殡。

雪橇深深地陷在被暴风刮成的雪堆里，非常难行。再加上他们夫妇从昨晚起就一点东西也没有吃过，如今他们又饿又累，身体十分衰弱。他们已经没有抵抗风的力气了，甚至还差点儿被风吹倒。有几次，雪橇翻了，他们只好把跌落的尸体再装上去。走到离坟坑还有一百英尺的地方，有一个陡坡，两个人只好趴下去，像拖雪橇狗一样，把胳膊当成腿，把手插到雪里使劲拉。可即便这样，有两次，他们还是被沉重的雪橇拖倒，从山坡上滑下来，最后弄得活人和死人、绳子和雪橇，纠缠在一起。

"明天，我再来插上两块木牌，把他们的名字写上去。"他们把坟堆好以后，纳尔逊这样说。

伊迪茨抽泣着。她所能做的，也只是断断续续地祷告几句，葬礼这样就算完成了，纳尔逊便扶着她回到木房子里。

这时，邓宁已醒过来了，他在地板上滚来滚去，徒劳地想挣脱捆住他的皮带。他两眼放光，盯着汉斯·纳尔逊和伊迪茨，一言不语。纳尔逊还是不愿碰一下这个凶手，他郁闷地看着伊迪茨把邓宁从地板上拖到男人的卧室里。不过就算她费尽力气也没有办法把他从地板上弄到床上去。

"给他一枪是最好的，这样就省心了。"纳尔逊最后一次恳求着伊迪茨。

伊迪茨还是摇摇头，然后又弯腰去搬邓宁。她感到惊奇，这一次，邓宁很轻松就被搬上了床。原来是纳尔逊拎起了另一端，她明白他这是心软了。然后，他们开始清扫餐厅，只是地板上的两摊血渍怎么也洗不净，那红色让人触目惊心。没有办法，纳尔逊只好把那一层刨掉，然后把刨下的那层木屑放在炉子里烧掉。

一天过去了，又一天过去了，多数时间，他们都是在阴沉和死寂里度过，只有偶尔的暴风雪和海潮声打破这种死寂。纳尔逊对伊迪茨唯命是从，他那种惊人的奋斗精神如今已经全没了。既然她要用她的方式来处置邓宁，那么他就把一切都交给她，让她去伤脑筋。

邓宁实在是个随时存在的危险。他们也不知道他会在何时挣脱捆着的皮带，所以，他们只好日夜监视着他。纳尔逊或伊迪茨，他们总会有一个人坐在他旁边，拿着那支子弹上膛的猎枪。最初，伊迪茨规定八小时轮一次班，但这种监视太耗人心力了，后来她和纳尔逊就每隔四小时换一次班。因为他们要轮流睡觉，看守邓宁，以致连做饭和砍柴的时间都没有了。

自从那次被尼古克碰了个正着以后，当地的印第安人就再也不到木屋这里来了。于是，伊迪茨让纳尔逊到那些印第安人的木屋去一趟，要他们用一只独木船把邓宁送到沿海最近的白人村落或者贸易站上，可交涉许久也没有结果。伊迪茨只好亲自去拜访尼古克。尼古克是这个小村子的首领，他完全清楚自己的职责，几句话就把他的观点说得明明白白。

"这都是白人惹的祸端，"他说，"不是西瓦希人惹的祸端。我们的人如果帮助了你们，这件事就会变成西瓦希人的争斗了。等到白人的争斗跟西瓦希人的争斗混在一起，成为一场战争时，那就会变成一场搞不清的、没完没了的大战。这种战祸可没有好处。我们的人没有做错事。他们为什么要帮助你们，给自己添麻烦呢？"

被尼古克拒绝后，伊迪茨只好回到那间可怕的木屋里，去过那无休无止的、四小时轮一次班的日子。有时候，轮到了她值班，她坐在囚犯旁边，腿上搁着实弹的猎枪，困意就会向她袭来。每每这时，她总是会突然惊醒过来，抓起枪，立刻盯着邓宁。这分明是神经过度紧张所致，对她的影响自然很不好。她对他非常恐惧，甚至在她清醒的时候，如果看到他稍微动了动，她也会被吓一跳，然后急忙去抓猎枪。

她知道，再这样下去，她的神经一定会出毛病。第一个征兆就是眼珠子跳，她只好闭上眼睛，让它们安定下来。可没过一会儿眼皮又会神经质地抽搐起来，怎么也控制不了。但最令她痛苦的是，她忘不了那场悲剧。发生意外的那天早晨所感到的恐怖，始终在折磨她。每当她给那个邓宁吃东西的时候，她就不得不咬紧牙关，挺着身体，以此来壮胆。

纳尔逊所受的影响和伊迪茨不同。他被一个念头缠住了：将邓宁处死是他的责任。所以，每当纳尔逊去给邓宁吃的，或者在他旁边监视的时候，伊迪茨总是提心吊胆，生怕纳尔逊会在这间木房子的死亡簿上又添上一笔。他总是很野蛮地咒骂邓宁，对他很是粗暴。甚至为了掩饰他的杀人欲望，他有时还会对伊迪茨说："慢慢地，你就会叫我杀死他的，可是到了那时候，我可就不愿意杀死他了。我不想让我的手沾染这么肮脏的血。"

有好几次，伊迪茨不值班的时候，她会悄悄走到那间屋子里，总能看到这两个男人像一对野兽一样，恶狠狠地，你望着我，我望着你。纳尔逊的脸上，杀气腾腾，而邓宁的脸色则更可怕，就像一只给逼到绝境的老鼠一样凶野。这时，她就会大喊一声："纳尔逊！你醒醒！"被伊迪茨这么一喊，纳尔逊就会镇定下来，他为自己方才的不受控制感到吃惊，甚至还很难为情，但他并不为此懊悔。

所以，自从发生这件意外以后，纳尔逊也成了伊迪茨要对付的一个问题。

起初，只有一个要用合法方式对待邓宁的问题，所谓的合法方式，在她看来，也就是要把他看守起来，直到把他交给正式的法庭受审。可是还得考虑到纳尔逊，她觉得他的神志是否清醒，灵魂能否得救，如今都是个问题。接着，她又发现自己的精力和耐心也成问题了。由于神经太紧张，她的身体要崩溃了。她的左臂会控制不住地抽动。她拿汤勺时会把食物泼出来，她的左手已不听使唤了。她认为自己身上的神经出问题了，她担心病情会急剧发展。要是她垮了，接下来会怎么样呢？她一想到将来这所木房子里只剩下邓宁和纳尔逊时，内心的恐怖更深了。

三天后，邓宁开口了。第一句话是："你们想把我怎么办？"

他每天都问这句话，一天问好几次。伊迪茨总是说，一定要依法办事。同时，她也天天问一句："你为什么要这样干？"邓宁从不回答，而且一听这句话他就火冒三丈，拼命想挣脱捆在他身上的皮带，还威胁她说，等到他挣脱了，他会如何如何处置她，他说，早晚他会挣脱的。每到这时，她就抠住枪上的两个扳机，准备在他挣脱皮带时打死他，可是由于紧张过度，她自己又会全身发抖，心慌意乱。

日子长了，邓宁开始变得老实了。在她看来，他好像厌烦了捆着的生活。他开始恳求她放了他。他发了很多毒誓，说绝不伤害他们夫妻俩。他说他会一个人沿着海边走下去，去法庭那里自首。他还愿意把自己的那份金子送给他们。他说他要一直走向荒原的深处，永远与文明世界隔绝。他甚至还说只要她放了他，他自杀也是情愿的。往往，他恳求到最后，就会胡言乱语，直到她觉得他快要疯了，但是尽管他这样发狂似的求她，她还是摇摇头，不肯释放他。

后来，过了几个星期，他变得更加老实了。在这一段时间里，他的精神也越来越委顿了。他常常像一个性格怪僻的孩子那样，把头在枕头上翻来覆去，口里喃喃地说着："我真厌烦了，真厌烦了。"后来，没过不久，他就非常激动地请求他们把他处死，他一会儿求伊迪茨杀了他，一会儿又求纳尔逊快些帮他解除痛苦，至少可以让他安静地长眠。

局面开始迅速地变得叫人不能忍受。伊迪茨的神经愈来愈紧张，她知道自己随时都有垮掉的可能。她甚至不能好好休息一下，她总是提心吊胆，生怕在她睡觉的时候，纳尔逊发起狂来，把邓宁杀死。虽然已经到了正月，但前来做生意的双桅帆船还要过几个月才可能靠岸。原本，他们也没有打算要在这所木房子里过冬的，如今，粮食一天一天地少下去，纳尔逊又不能出门打猎补贴生活。为了看守他们的犯人，他们简直被捆住了手脚。

伊迪茨也明白，这样下去不是办法，她必须想办法解决才行。她强制着自己把这个问题重新考虑了一下，却依旧是摆脱不开她那个民族的传统观点，以及她那种来自血统和教育的守法精神。她知道，无论怎么做，她都得依照法律。

所以，每当她握着猎枪，不安的凶手躺在她旁边，暴风雪在外面狂吼着，她要一连看守几个钟头的时候，她就发挥她的理解力来思考社会问题，然后自己理出一套法律演变的理论。她认为，所谓法律，不过是一群人的判断和意志。至于这群人的人数多少，是毫无关系的。按照她的理解，其中有小如瑞士的人群，也有大如美国的人群。依此来推理，那么就可以得出这个人群无论小到什么程度都没有关系。也许，一个国家只有一万人，但他们集体的判断和意志，仍然会成为那个国家的法律。如此，为什么一千个人不能算一群人呢？她向自己提出了这样的问题。如果一千个人可以成为一群，为什么一百个就不可以呢？为什么不可以是五十个呢？为什么不可以是五个呢？为什么不可以是一两个呢？

这个结论很令她吃惊，她把这个问题同纳尔逊讨论了一下。一开始，纳尔逊根本就听不懂，等到他终于明白了，他便举出了一个令人信服的例子。他谈起了淘金者的会议，每逢开会的时候，当地的淘金者都要聚在一起，制定法律，执行法律。他说，有时，参与会议的淘金者加在一起也不过十个到十五个人，可是对于这十个或者十五个人来说，多数人的意见就是法律，谁要违反了多数人的意见，谁就会受到惩罚。

直到这时，伊迪茨才搞清楚了她的问题。邓宁必须受到绞刑。纳尔逊也很赞成。在他们这一群里，他们两个占了多数。根据集体的意志，邓宁必须受到绞刑。为了执行这个决定，认真的伊迪茨一定要按照习惯上的形式办事。可毕竟这个群体太小了，纳尔逊和她，角色都不够分配，所以两人只好一会儿充当证人，一会儿充当陪审人，一会儿充当法官——然后还要充当行刑人。

伊迪茨正式控诉邓宁。邓宁犯了谋杀达基和哈尔基的罪，那个躺在床上的囚犯邓宁，先听了一遍纳尔逊的证词，然后又听了一遍伊迪茨的证词。他既不肯认罪，也不说自己无罪，等到伊迪茨问他有没有什么为自己辩护的话时，他还是不言不语。如此，她和纳尔逊连位置都没有换，就宣布了陪审人认为犯人有罪。之后，她去充当法官，当庭宣判这一结果。虽然这时她的声音颤抖，眼皮总跳，左臂也跟着抽搐，但她到底是读完了这份判决书。

"邓宁，在三天之内，就对你执行绞刑。"

这就是判决书。

听完宣判结果的邓宁不由自主地松了一口气，接着轻轻一笑说："不错，这张硬床不会再磨痛我的背，这下我舒服了。"

宣判之后，三个人仿佛都解脱了。特别是邓宁的脸上流露得最清楚。那种阴森凶野的神情消失了，他跟看管他的人侃侃而谈，甚至还像从前那样，说些才气横溢的俏皮话。伊迪茨给他读《圣经》，他也很满意。她读的是《新约》，读到浪子和十字架上的贼的时候，他好像听得津津有味。

执行绞刑的前一天，伊迪茨又提出那个老问题来问他，"你为什么要这样干？"

邓宁回答，"这很简单。我想……"

这时，伊迪茨突然马上拦住了他，让他等一会儿再讲，然后她匆匆地走到纳尔逊的床边。正轮着休息的纳尔逊从梦里醒来，揉揉眼睛，对伊迪茨埋怨了几句。

"你出去一趟，"伊迪茨对纳尔逊说，"把尼古克找来，另外再找一个印第安人一起来。邓宁要招供了。无论如何你都要逼着他们来。把枪带去，万一不行，就用枪逼着他们，把他们带来。"

半小时之后，尼古克和他的叔叔哈狄克万来到了这间死过人的屋子。他们不是自愿，是纳尔逊用枪押着他们来的。

"尼古克，"伊迪茨说，"这件事不会给你以及你的族人惹来麻烦的。我们没有别的要求，只不过请你坐在这儿，听一听，了解一下之前的情况。"

就这样，邓宁在被宣判完死刑之后，终于公开地招认了他的罪行。他一边说，伊迪茨一边记录下他的口供，那两个印第安人在一旁听着，由于怕证人逃走，纳尔逊便守在门口。

邓宁说，他已有十五年没回老家了，他一直在打算，将来要带上很多钱回去，让他的母亲安享晚年。

"但是，这一千六百块能派上什么用场呢？"他如是问，"我的目的是要把所有的金子，把那八千块钱的金子全部弄到我的手里。这样，我就可以衣锦还乡了。于是我就想，这还不容易吗？我可以先杀死你们，再到史盖奎镇去报告，就说你们是被印第安人杀死的，然后我就逃回爱尔兰去。有了这个打算之后，我就动手了。只是，我没有想到，就像哈尔基从前常说的那样，我太野心勃勃了，等到我要把这些金钱吞下去时，却噎住了自己。这就是我的口供。我既然杀了人，现在只要上帝愿意，我也愿意向上帝赎罪。"

"尼古克，哈狄克万，现在你们都听见了这个白人说的话了，"伊迪茨对那两个印第安人说，"他的口供也都写在这张纸上了，现在该你们来签字了，就签在这张纸上，这样，等到以后再有别的白人来时，他们就会知道有你们旁听作证了。"

尼古克和哈狄克万在他们的名字后面画了两个十字之后，伊迪茨又给了他们一张传票，要他们明天带着他们部落里所有的人来再作一次见证。两人拿了传票离开了木房子。

伊迪茨和纳尔逊把邓宁的手松了一下，以便让他能在文件上签字，接着，屋子里就一点声音也没有了。纳尔逊脸上有种不安的神色，伊迪茨也好像觉得很不舒服。邓宁则仰面朝天地躺着，直愣愣地望着屋顶上长着苔藓的裂缝。

"现在我就要向上帝赎罪了。"邓宁喃喃。接着，他就掉过头，看着伊迪茨，"请再为我读一段《圣经》吧，"他说，然后，他又像开玩笑似的补了一句，"也许这样会让我忘了这张床有多硬。"

对邓宁执行绞刑那天，天气晴朗而寒冷。温度表上显示的温度是 $-25°$，寒风一直透进人的衣服、皮肉和骨头。几个星期的时间里，这一天是邓宁第一次站起来。

由于肌肉长时间来一直没有活动过，他已经不能正常保持直立的姿势了，简直连站都站不住。他总是前前后后地摇晃，走起路来跌跌撞撞，只好用那双捆着的手抓住伊迪茨，免得摔倒。

"真的，我真有点头昏眼花了。"他无力地笑了笑。

过了一会儿，他又说，"这样倒也叫人高兴，总算都过去了。我明白，就算不这样，那张该死的床也会把我折磨死的。"

伊迪茨把邓宁的皮帽子给他戴在头上，当她要替他放下护耳的时候，他突然哈哈地笑了一声，说："你为什么要把它们放下来呢？"

"外面天气很冷。"她回说。

"再过十分钟，可怜的麦克尔·邓宁就是冻坏了一两只耳朵，又有什么关系呢？"他这么问。

伊迪茨本来已经打起了精神，准备对付这场最后的严峻考验，可是就在刚刚，邓宁的这句话打击了她的自信心。直到现在，一切都好像是梦中的幻影，可是就在刚才，邓宁说的一番话令她惊醒过来，她开始睁开眼睛，看见了正在发生的事实。当然，这个爱尔兰人也看出了她心里难受。

"对不起，我不该说这样愚蠢的话让你难过，"他懊悔地说，"我不是有意的。对我麦克尔·邓宁来说，今天是个伟大的日子，我真是快活得跟云雀一样。"

他立刻吹起了快活的口哨，可是一会儿就变成阴郁的调子，不响了。

他马上吹起了快乐高亢的口哨，可是一会儿就滑向阴郁苦涩的深谷，不响了。

"我希望这儿能有一位牧师，"邓宁若有所思地说着，然后又很快地添了一句，"不过，像我麦克尔·邓宁这样的老兵，在出发的时候，就是没有这些享受，也不会难过的。"

此时，他的身体已经很衰弱了，再加上长时期没有走路，门一开，他才跨出去，就几乎给风刮倒了。伊迪茨和纳尔逊，只好一边一个地架着他走，他就对他们说着笑话，尽力使他们高兴。后来等到他告诉他们，怎样把他那份金子，寄到爱尔兰他母亲那里的时候，他才停止了说笑。

他们爬上一座小山之后，到了树林里的一片空旷的地方。这儿，在一个竖立在雪里的圆桶周围，很严肃地站着一群人，有尼古克，哈狄克万，以及当地所有的西瓦希人，甚至连孩子同狗也来了，他们要看一看白人是怎样执行法律的。附近还有纳尔逊烧化了的冻土，掘好了的一个坟穴。

邓宁用一种老练的眼光，瞧了瞧这些准备好的东西，他瞧到了那个坟，那个圆桶，那根绳子和吊着绳子的那根大树枝，还注意到绳子和树枝的粗细。

"说真的，纳尔逊，要是叫我来给你准备这些东西，我肯定不会办得比你更周到。"

说完这句玩笑，邓宁不由高声笑了起来，可是纳尔逊却依旧，他那张死气沉沉的、阴森森的脸似乎只有世界末日的号声才化得开。同时，纳尔逊也觉得很痛苦。直到现在他才明白，要把一个同胞处死是一个多么艰巨的任务。伊迪茨倒是早想到了，只是就算想到了也无法使这个任务变得轻松一点。如今，她已经失去信心，不知道自己能否坚持到底。她觉得心里有一种无法控制的念头，她想尖叫，想狂喊，想扑在雪里，想用手蒙住眼睛，想转过身盲目地跑开，跑到树林里，或者任何其他的地方。她之所以这个时候还能挺起胸膛，走到前面，做她必须做的事，完全是依靠心灵上的一种崇高的力量。她觉得，这一次，自始至终，她都得感谢邓宁，因为他帮助她度过了这一切的难关。

"扶我一把。"邓宁对纳尔逊说，然后他就借着纳尔逊的力量，勉强登上了那个木桶。

他弯下腰来，为的是能让伊迪茨把绳子套在他的脖子上。随后，他就站起来，这时，纳尔逊已经拉紧了那根套在树枝上的绳子。

"麦克尔·邓宁，现在你还有什么话要说吗?"伊迪茨的声音很干脆，可是仍然能听得出她的颤抖。

邓宁在木桶上挪动了一下他的脚，腼腆地望着下面，就像一个人第一次发表演说一样，然后他清了清嗓子。

"我很高兴，一切都要过去了，"他说，"我很感谢，你们始终拿我当作一个基督徒来看待，我衷心地谢谢你们对我的好意。"

"上帝会收下你这个悔过的罪人的。"伊迪茨说。

"是呀，"他说，他那深沉的声音好像在回应着她尖细的声音，"上帝会收下我这个悔过的罪人的。"

"永别了，麦克尔·邓宁。"她大声喊道，声音中带着一种绝望的情绪。

之后，她用尽全身的力量来推那个木桶，可是无论她怎么用力也推不倒它。

"纳尔逊！快！来帮我一下！"她无力地喊道。

她觉得她已经用完了自己最后的一点力气，可是那个木桶依旧动也不动。纳尔逊连忙跑到她旁边，一下子将木桶从邓宁脚下推开。

她立刻背转过身去，把手指塞在耳朵里。紧接着，她发出了凄厉的尖笑声，如同金属的声音，纳尔逊吓了一跳，他虽然也经历了这场悲剧，可是却从来没有受过这样的惊吓。

伊迪茨终于垮了。虽然她已经神经错乱，但她还是很清楚地知道自己垮了。唯一令她高兴的是，她总算在这样紧张的环境里撑过来了，而且一切都按照她的标准结束了。她摇摇晃晃地走到纳尔逊面前。

"扶我到屋里去，纳尔逊。"她勉强说出了这几个字。

"让我休息休息，"她又说，"就让我休息，休息，休息吧。"

于是，纳尔逊搂着她的腰，搀扶着她，引领着她那无力的脚步，向木房子走了去。可是那些印第安人仍然留在那儿，他们神情肃穆地看着白人的法律怎样迫使一个人在半空中荡来荡去。

快！生一堆火

　　天气，阴冷得出奇，他离开了育空河主道，朝着高堤爬去，然后看见一条阴暗的、少有人行走的小径，他便顺着这条小径往东，直穿过一片茂密的云杉林。高堤很是陡峭，待他爬到顶上时，方才停下来喘口气。

　　他看了一下手表，现在是早晨九点钟，天空一片云朵也没有，连太阳也没了踪影。显然，天是晴的，只是万物仿佛被罩上了一层什么东西，没有太阳的缘故，天空便显得灰蒙蒙的，不过这些倒没有令他感到不安。对于这一切，他已习惯了，太阳有好几天没露脸，不过他明白，再过上几天，就能看到那个令人兴奋的光球。它就在南方尽头，地平线已经隐约可见，或者不过是在视线之外的一点点的地方。

他回头看了看他走过的路。足足一英里宽的育空河躲在三英尺厚的冰层下，冰上还有好几英尺的积雪。好一派清寂的纯白，触目所及，全是白茫茫的大地，宛如波浪般起伏着，但一瞬间被凝固了。只有一条暗色的细带，蜿蜒绕过杉树林覆盖的小岛向南伸去，其另一端蜿蜒向北，绕到另一个杉树林岛后面，消失不见了。而这暗色的线条就是那条主道——育空河上的道路——它向南五百英里直通奇尔古特隘口、黛牙和海洋；向北七十英里通向道森，再向北一千英里是纽拉图，终点是白令海上的圣邓宁，距此约有一千多英里。

不过对这所有的一切：那神秘的、遥不可及的细带般的主道、没有太阳的天空、刺骨的严寒以及它们所特有的那种漠然与森严的意味，都令他无动于衷。当然，这并不是因为他对这些已经习以为常了，恰恰相反，这个地方对于他来讲还很陌生，是的，他是第一次来到这个地方，是一个新手，并且这是他在这儿遇到的第一个冬天。

他的最大的缺点就是没有想象力。他对活动着的东西警觉而敏感，但他的警觉和敏感却仅限于那些活物本身，此外，他察觉不出表象之下的意义。-50°也就是意味着冰点以下80°，对于这一事实，他的最直接的反应就是很不舒服，像患了感冒一样，仅此而已。这一事实并没有让他意识到自己作为恒温动物所具有的弱点，或者说作为人类所具有的弱点：也就是那种只能在极其有限的温度范围内才能生存的生命力；当然，他也没能意识到这些不可克服的天生的缺陷以及人类在自然界中的地位。要知道如果抵御持续的-50°的严寒和针扎般的霜冻就必须有手套、耳套、温暖的鹿皮靴和厚厚的长袜才行。可如今，-50°在他的认知中就是-50°，至于这个数字还意味着其他的什么，会不会引发别的连锁反应，他根本就没有考虑过。

他继续前行，随意地吐了口痰，却被一种突来的尖锐、爆裂的劈啪声震到了。之后他又吐了一口。接着又试了一次，在空气中，在痰落入雪层之前，就爆裂开了。他有点惊诧，因为他知道-50°的时候，痰只有在落到地上时才会爆开，可现在，它竟然还不等到落地就爆开了。这下他开始明白，这里的气温已经低于-50°了，至于温度到底有多低，他却是不知道的。可尽管如此，温度在他眼里依旧不是问题。他的目的地是亨德森港附近的营地，他的朋友们正在那里等他。他们现在已经越过了一条叫"印第安小溪"的小河，而他却在这里兜圈子，四下里寻找利用溪流从育空河中的小岛上运出木料的可能性。他希望在六点钟，也就是赶在天黑之前赶回营地，是真的，因为朋友们应该都在那里，点着篝火，准备好了热腾腾的晚饭。

他这么想着便伸手摸了下外套里面一个凸出的包裹，包裹就放在衬衫的里面，用手帕包着，紧贴着他的皮肤。这是他能想到的唯一使饼干不被冻住的方法。很显然，他很得意于自己的这种做法，每每想到这些饼干，想到大片大片的烤肉，而且每一片都浸透着油脂，他就笑得合不拢嘴。

他低着头钻进了杉树林，继续赶路。只是这条路太模糊，好像是最后一辆雪橇经过后又下了一英尺厚的雪，所以很难看清。他很庆幸自己没有雪橇，这样便可以轻装上路。事实上，除了手帕里包着的午饭，他什么都没带。天气这样寒冷，多多少少还是令他感到一些惊讶的。他戴着手套，搓了一下冻僵的鼻子和脸，心想这鬼天气确实冷得很。虽然他是个大胡子，但这些毛根本保护不了他高高的颧骨，也保护不了他如挑衅一般伸进冰冷空气中的大鼻子。

在他的身后，是一条庞大的野狗，这条狗是狼和狗的混血品种，灰色的毛，无论从外形还是脾性来看，它都与它的野狼兄弟没有什么区别。对这种极端寒冷的天气，狗也显得很沮丧，它明白这是一场没有止境的旅行。它的本能比人类的判断更能让它了解真相。事实上，气温并不是只比 –50°低一点点，而是比 –60°还低，甚至已经低过了 –70°，达到了 –75°。因为凝固点是零上 32°，那么这就意味着现在是华氏温度 –107°。

当然，狗对温度没有概念，它的脑子中也不像人类那样对严寒天气有一个明确的认识。但野兽自有属于它们的直觉，它感到一种隐隐约约的威胁，并且这种直觉驱使着它，让它跟在他的后面。在每个不寻常的时刻，狗的这种想法就更加强烈，它开始迫切地期望他能快点回到营房或是找到一个庇护所，又或是生一堆火取暖也是好的。是的，狗知道火是什么东西，它也想要一堆火，否则的话他只能在雪层下面挖一个洞穴，然后躲在里面以避免自身温度的流失。

狗呼出的热气在它的皮毛上凝成一层细细的冰粒，特别是在它的颚骨和凸出的口鼻周围以及眼睫毛上，都挑着亮亮的冰晶。他的胡子和唇髭也同样冻上了，而且冻成了更结实的冰坨，它们随着每一股热气而逐渐变大。导致这样的原因与他在咀嚼烟草也有关系。他嘴巴周围的冰已经让他的嘴唇发僵，所以当他在往外吐烟草汁时，就没有办法很利落地完全避开下巴上的胡须，结果那冰胡子越冻越长，而且渐渐变成烟草的琥珀色。如果这个时候他跌上一跤，那冰胡子大概会像玻璃一样被摔个粉碎。但对于这挂在下巴上的累赘，他并不在意。只要在雪原上嚼烟草的人，大抵都得吃这个苦。他已有过两次在寒流袭击时的外出体验。当然，那两次都没有这次冷得如此出奇，上两次时，他在迈尔看到酒精温度计显示的是 -50℃和 -55℃。

他在林中走了几英里，穿过一片宽广而暗淡的河滩地，然后走下河堤，来到一条封冻的小溪的河床上。这里是哈德森湾。他知道这个地方离河汊还有十英里。他看了看表，已经十点整。以目前来看，他正以一小时四英里的速度前行，他计算着到十二点半准能走到河汊。他决定到那儿再吃午饭，也算是对自己的庆祝。

狗仍然跟在他的脚后，尾随着他从堤岸上下来，当主人轻快地在河床上行走时，它耷拉着尾巴，显得有些怏怏不快，旧的车辙印虽依稀可辨，但上面已盖上了一英尺多厚的雪。这条空寂的河，已有一个月没人行走了。可他不管不顾，照样前行着。是的，他不爱思索，再说那一时刻也确实没有什么好想的，他只想到再走些时间他将去河汊吃午饭，到了傍晚六点钟，他将在营地与那些朋友汇合。

这条路太静了，没人可以说说话，即便有，也没法说，因为嘴周围都被冰冻住了。他还是机械地嚼着烟叶，一刻不停，并且任其琥珀色的胡子越来越长。偶尔，会有一个念头又从他的脑中浮现出来。天真的太冷了，他第一次体验到这么冷的天气。他一边赶着路一边用戴着手套的手背摩擦脸颊和鼻子。他不时地换着手，心不在焉地做这个动作。尽管他不停地摩擦它们，但就在稍微停歇的瞬间，脸颊又麻木了，接着鼻子尖也失去了感觉。他明白脸颊一定是冻伤了，他的心中突然一阵懊恼，开始后悔没做一个像巴德在寒流时戴的那种鼻罩，不管怎么说它还能遮住面颊，确保它们不被冻伤。不过这也没什么，冻伤了脸颊又算什么呢？只不过有点疼而已，又不会很严重。

尽管他脑子里空空荡荡的，但对事物的观察却还是很敏锐的。他看得出河湾的变化，那些弯道和弧度，还有木材堆，他知道脚该落在哪儿，怎么走更安全，这些他总是十分留意的。一次，当他绕过一条河的弯道时，突然警觉起来，他躲开正在走的地方，选择顺着小路后退了几步。他知道这条河是整个冻到底的——北极的冬天没有哪条河还能有水——但他也知道山坡下有一些泉水会冒出来，这些泉水会在雪下面贴着河在冰面上流淌。他还知道，这些泉水在最寒冷的时候也不会被冻上，同时他也清清楚楚知道它们的险恶。那是些陷阱。一洼洼的水塘在雪下面隐藏着，那雪可能有三英寸厚，也可能有三英尺厚，谁也说不准。有时水面上有一层半英寸的薄冰，上面盖着雪；有时冰、水相间有好几层，因此当有人不小心踩到上面时，就会连续下陷好几层；有时水会一直湿到腰部。这也是他如此惊怕得向后退的原因。

其实就在刚才，他已感到脚下有松动的迹象，并且还听到雪下薄冰的坼裂声。在这样的奇寒下，如果弄湿了脚，那麻烦可就大了，弄不好会有性命之忧。就算不会威胁到生命，延误时间总是要的。因为他将不得不停下来，点上一堆篝火，只有在火的保护下他才敢脱光鞋袜再将它们烤干。

于是，他停了下来，站住脚打量着河床和河堤，他认准水流是从右面过来的。他摩擦着鼻子和脸颊，动了一会脑筋，然后转向左面，谨慎地蹑步前进，每一步都用脚先试探一下冰面的虚实。一旦险情解除，他就嚼上一把新的烟叶，甩开步子，恢复到一小时四英里的速度前行。

在之后的两小时行程中，他遇到了几处相似的陷阱。下面藏有水洼的雪通常看上去有些凹陷，并且像砂糖结晶似的，能让人看出危险米。不过他还是差点儿上当。还有一次，他怀疑有危险，强迫那只狗在前面走，狗不愿意，一直躲到后面，直到主人把它推上前去，它才快步穿过洁白平整的雪面。就在这时，雪面突然塌陷，那条狗跟跄着歪向一边，迅速跳出水坑，寻找一个更稳固的落脚点。狗的前爪和腿都湿了，沾在腿上的水瞬间就结成了冰，狗的反应也很迅速，它在第一时间舔掉腿上的冰，然后倒在雪地上，开始咬爪趾上的冰块，不难看出，它这么做是出于本能的一种反应。如果让冰留在爪趾间，脚就会疼痛。狗并没有思考，只是它的腺体分泌出的一种神秘的刺激促使它这样做。当然，这个男子会思考，他能对眼前之事做出判断，所以他脱去右手手套，帮助狗除掉脚趾上的冰碴。天气远比他想象中的要冷，他的手指露出来还不到一分钟，他就惊异地发现手已经麻木了。是的，天真的是太冷了。他赶忙戴上手套，拼命在胸前敲打这只手，企图让它缓和一些。

十二点——正午时分，是一天中最明亮的时辰。只是现在是冬季，太阳的轨迹在遥远的南方，还不能越出这里的地平线。凸出来的大地挡在太阳与哈德森河之间，他走在晴空下，虽是正午时分，却没有阴影相随。

十二点半，一分不差，他来到了河汊，这个结果很令他自豪。如果按照这个样子走下去，六点以前和他的伙伴们会师是完全不成问题的。是该用午餐的时间了，他解开衬衫扣子，把午饭从衣衫里面掏出来，全过程还不到十五秒钟，可就在这么短的时间，他暴露在外面的手指就冻麻木了。这次，他没有戴上手套，而是用力在腿上敲打手指，连敲十几下。

之后，他在一个落满雪的圆木上坐下来，开始吃午饭，但还不等他咬口软饼，他又连续敲打手指，而且还戴上了手套，原来刚才他敲打手指而产生的刺痛感一下子消失了，他只得再重复一边，然后摘下另一只手套才得以吃上饭。他试着咬了一口吃的，但满脸的胡子已经结了冰，他根本吃不进去。这时，他才恍惚想起来，应该生火把它们烤化才是，想到这里他不禁笑了，觉得自己真是愚蠢，这个问题早该想到才对。他一边笑着一边似乎已经感到麻木悄悄爬上了他裸露的指尖。同时，他也发现刚坐下时他的脚趾还有刺痛感，如今却什么也没有了。他想知道脚趾是否冻僵了。他开始试着在鞋里活动它们，最后明白它们确实是冻僵了。

他连忙戴上手套，然后站了起来。他有些害怕了，开始上下跺着脚，直到脚趾有刺痛的感觉。此刻，他想的是，天气真的太冷了。从硫黄河来的那人曾告诉过他，这地方有时会冷到怎样的程度，如今想来一点儿都不假，可是他记得当时自己还嘲笑过那个人！这下事情发生了才想起人家善意的提醒，看来一个人真的不能太自信。

是的，天冷得有些过分。他跺脚、甩手、来回走动，直到确定自己暖和过来为止。这时，他才掏出火柴，准备生火。他从林子里的灌木丛中找到柴火，都是一些春天雪融时冲到一起的小枝杈，现在都已经干透了。他小心地先点燃一小堆火，很快就燃成了熊熊大火，他靠近火堆，先把满脸的冰胡子烤化了，才开始在火旁进餐。

熊熊篝火燃起来了，狗也十分满意，他把身子伸展开来，尽可能地靠近火堆取暖，当然，他还要保持起码的距离以免被火燎着。

男子吃完饭，又把烟叶装满烟斗，很享受地抽了一通。之后，他戴好手套，把帽子上的护耳紧紧地扣在耳朵上，顺着河面小道的左河汊往前走。

狗和男子的想法似乎不一样，它显然是失望极了，它不想继续前进，它是惦记着身后那堆火。这个人或许不明白冷，或许他的祖辈也不知道什么叫做冷，他们没经受过真正的寒冷——冰点以下107°的冷。可是这狗很明白，它所有的父辈也都清楚，这是一种遗传本能。它心里十分清楚，在这种冰天雪地中是不该行路的，这种时候应该蜷缩在雪洞中，等待积雪筑起一道厚厚的屏障把外界隔绝开来，挡住这天地间的酷寒。再说了，这狗原本与他的主人之间就没有什么特别的感情，从某种意义上说，它只不过是他的苦力，唯一体验到主人对它的"抚爱"，就是鞭打，抑或是凶恶的恐吓声，所以这狗也就没有必要让主人知道它对寒冷的恐惧了。自然，它留恋身后的那堆篝火是出于对自身的考虑，而不是替主人着想。主人显然是没有去关注这条狗，这时他吹起口哨，模仿出鞭子的抽打声，那狗只得撵上来，仍然走在主人身后。

咬上一口新烟叶，男子琥珀色的胡子又冒尖了。他呼出的热气又让唇髭、眉毛和睫毛结满了白霜。哈德森河的左河汉看上去没那么多泉泡，他走了半个多小时，没有发现任何可疑的痕迹。不过，事情还是发生了。在一片柔软平整的雪面上，从表面上来看，它的下面是坚实的大地，可当他一脚踏上去时却陷了进去，好在水并不深，他慌忙跳到硬冰面上，但膝下小腿部分还是湿透了。经历这么一劫，他懊恼极了，连连诅咒着噩运。之前，他打算的是六点前赶到营地，如今他不得不再点堆篝火烤干他的鞋袜，如此，他将耽搁一个小时的时间。

他当然明白，想要在冰天雪地中活命，他就必须这么做，这一点不容置疑。于是，他折回河堤，爬了上去。在河堤顶部由几棵小树围着的低矮的杂树丛中，他发现了涨潮时冲积的干柴堆，主要是一些小树枝，当然也有大一些的干树杈和去年的细枯草。捡完柴火，他就在雪地上架起几根大树枝，这样做是为了防止刚燃起的小火被烤化的雪浸灭。然后他从衣兜里取出一小片桦树皮，划一根火柴点着，这种东西比纸还容易点燃。他把火引子放在用大树枝搭起的柴架上，再往小火苗上添上一把把的干草和最细小的干枝杈。

他生火的动作很小心，此刻，他已经非常清楚自己深陷危险了。火渐渐燃起来，他往火堆里又放了些大的树枝，他就这么蹲在雪地上，从缠裹在一起的树丛中抽出小树枝往火堆上放。他明白这火必须生起来。在 –75℃ 中，一个人如果打湿了脚，他就必须成功地一次性地把火点燃起来。当然，如果脚干的话，第一次没成功，他还能跑上半英里来恢复血液循环。但是在酷寒下，打湿并冻木了的脚，即使跑步也是无法恢复的。不管他跑得多快，打湿的脚只能是越冻越硬。

这些情况他都十分清楚的。入冬前，住在硫黄河一带的一位"智叟"曾向他传授过这些知识，现在他终于知道感激这些忠告了。他的两脚已麻木，为了生火，他不得不摘掉手套，但很快，手指就冻僵了。当他保持一小时四英里的速度行走时，心脏还可以把血挤压到身体表面和所有的末端，不过一旦停下来，心脏的挤压就会跟着变弱了。

寒流令人畏惧，而大地上的微渺生命只能承受着它全部的凶残。此时，他全身的血液，在酷寒面前畏缩了，他的血液和那只狗一样，是有感觉的，也像狗一样，在奇寒面前想立刻躲藏起来，把自己包裹起来。只要一小时走四英里，不管他愿不愿意，心脏都能把血液输送到身体的各个部位的表皮，但现在他的热血后退了，它们全部缩进身体里面去了。最先尝到缺血的味道的是他的四肢，虽然还没完全冻僵，但他那打湿的双脚却越来越冻得受不住了，露在外面的手指也渐渐没了知觉。然后是他的鼻子和脸颊，已经丧失了感觉，继而是全身的皮肤，也因为缺血而变得冰凉。

幸运的是，他还算平安，脚趾、鼻子、面颊的冻伤也不会太重，因为火已经旺了起来。他又往火里添了些手指般粗细的小树枝，心里想着，再过一会儿，就能续上手腕粗的树杈了。然后他就可以脱掉湿鞋袜，而在鞋袜烘干之前，他的脚也不至于受冻，当然前提是要用雪先把脚搓一搓，以保证血液循环。火烧旺了，危险自然就被赶开了。他想起硫黄河那位"智叟"的忠告，脸上露出了微笑。

这时，他突然想起来，那位"智叟"曾严峻地下过这样的断语，说 -50℃ 以下，任何人都不可能在喀隆堤一带独行。看！他此时不正是在这一带吗？刚刚他出了点麻烦；他独身一人；可毕竟也是他自己拯救了自己。那些上了年纪的人难免畏畏缩缩的，他认为，起码有些人是这样的才对：一个男子要临危不惧。他觉得自己不缺这一点，是的，只要有这一点，任何硬汉都可以单独行动。

就在他这么想的时候，意想不到的事情发行了，他没想到脸颊和鼻子这么快就冻住了，这显然令他有些诧异，而且手指在这么短的时间内就麻木也令他意外。是的，它们没感觉了，他几乎无法把它们合拢起来去抓树枝，十个手指就在眼前，可他感觉它们遥远到似乎相隔千山万水。所以，当他好不容易摸到一个树枝时，他不得不用眼去确认，自己是否真正拿住它了。他与指间的神经传导系统并没有阻塞，只是，他没有感觉了。

这没什么。眼前这堆旺旺的篝火，正噼啪作响着，熊熊的火焰升腾着生命的希望，他开始解开他的鹿皮鞋。鞋子早已成了一个冰坨子；德式防寒袜像铠甲似的几乎箍到膝盖，鹿皮鞋带如同钢条一般盘结在一起，他用麻木的手指折腾半天，才明白这简直就是白费力气，然后他拔出鞘中的刀。可还没等他割断鞋带，一件意外的事情发生了。这是他自己造成的，或者说是他考虑不周而酿成了这场灾难。他不能在杉树下生火。尽管从树丛中扯出树枝直接投到火堆中要省事得多——他应该在空地上点火才是。因为篝火上方的杉树枝上承受着很重的积雪，而且这里已经有几周没起风了，导致每根树枝上都积着一层沉沉的雪。所以他每从树下抽出一根树枝都会引起一次微渺的抖动，只是他对这种抖动毫无感觉罢了，但在正常人看来这样的抖动却足以引发一场灾祸。

果然，灾祸降临了。高处的一个树枝上的雪被震了下来，抖落到下面的树枝上，而下面树枝上的雪也被打落，如此便引发这一连锁反应迅速扩展，最后波及整棵树。可他和正在燃烧的篝火并没得到一丁点儿的警示，积雪便像雪崩一样塌崩下来，于是，火被扑灭了，刚才燃着篝火的地方，如今罩着一堆软软的雪。

这突来的惊吓，让他呆住了，就好像听到一声死刑判决一般，有那么一会儿，他就那么呆呆地瞪着刚才还烈火熊熊的地方。过了一会儿，他的头脑才算冷静下来。他想着，或许硫黄河的那位"智叟"是对的。这种时候，如果还有一个旅伴，他就不会有危险。那个旅伴将会点燃另一堆火。可是，很明显，这只是一种假设。所以，现在他只有靠自己再生一堆火，而且这第二次点火绝不能失败。不过，即使这次成功了，他也很可能会因此牺牲几个脚指头。这工夫，他的脚一定已经冻得不行了，在第二堆火燃起之前，他还得忍上一阵。这就是他脑子里闪现的念头，当然，他不是坐着想的。当这些念头一闪而过，他就立刻行动起来。

　　于是，他又重新搭起一个点火的支架。这次他吸取了前一次的教训，选择搭在空地上。这下，树再休想扑灭他的篝火。他又从涨潮时漂来的残枝中收集了些干草和小树枝。他无法用手指把它们挑拣出来，只能一把把地抓出来。他有条不紊地干着，他还准备好了一大堆的大树枝，他打算在火旺时添上这些。那条狗一直蹲在那儿，看着它的主人忙过来忙过去，它的眼中流露着一种渴望，它知道主人是能为自己生火的人，只不过这火还得等一阵子才能烧起来。

　　现在，所有的事情都准备好了，他伸手从兜里摸出第二张桦树皮，他知道树皮放在那儿，尽管他的手指已经没了感觉。当他摸索着去翻寻时，他很清楚地听了到那清脆的沙沙声，可是无论他怎么费力，就是无法拿起这薄薄的树皮。同时，他也很清楚地意识到，此刻，自己脚上的冻伤正逐渐变得严重，这个想法令他十分恐慌，他竭力想要驱赶走围攻着他的这种恐慌。为了保持镇定和清醒，他用牙把手套戴上，前后使劲地甩动胳膊，用尽全力在身体上敲打双手。他先是坐着做这些动作，然后又站起来重复做这些动作。这期间，那条狗一直蹲在那里，它那毛茸茸的大尾巴弯到它的面前，暖暖地盖在他的前爪上，当它看着主人忙做一团的样子时，它那尖尖的狼一样的狗耳朵就十分专注地向前耸着。男子呢，还在继续甩着他的胳膊，在他甩胳膊拍手时，一阵剧烈的妒忌涌上他的心头，在他看来，这畜生由于有天然的保护竟然可以这样温暖安适，这令他十分恼火。

过了一会儿，被敲打的指尖，总算有了一点儿知觉，这微渺的感觉似乎来自十分遥远的地方。细微的针刺感变大了，难以忍受的刺痛开始折磨他的神经，但他却是格外渴望这份折磨的。他摘掉了右手的手套，去拿桦树皮。暴露在外的手指立刻又麻木了。接着他又掏出一把硫黄火柴棍。但奇寒已经把他的手指冻僵硬了，他想从这一把硫黄火柴中取出一支火柴棍，结果，一整把都掉在了雪里，他想把它从雪里捡起来，但是不能。木然的手指既无触感，也无法弯曲。他小心翼翼，不去想冻麻的脚、鼻子和脸颊，他把注意力全集中在火柴上，他谨慎地看着，用眼力代替触感，当他看到手指放到了火柴束的两边，便合拢手指——也就是说，他想合拢手指，这个意念已传导下去了，可手指一动不动，他把手套戴到右手上，使劲儿地在膝盖上拍打它。再用戴着手套的双手把那束火柴，连同夹带着的雪一起捧到大腿上，然而情形并未好转。

他经过一通摆弄之后，总算用戴着手套的双手把火柴束夹在了两个手掌之间，把它送到嘴边。他艰难地张开嘴，唇边的冰胡子咔嚓响了，他收紧下腭，翘起上唇，露出上牙插入火柴束以便把它们分开。用这办法，他拔出了一根火柴棒，丢在大腿上。情况仍不妙，他不能拿起来。一计不成，又生一计。他用牙叼起火柴棒在腿上划着打火，划了足有二十下才划着，火苗蹿起来，他用牙叼着去点燃桦树皮，可是燃烧的硫黄烟直冲到鼻孔和肺里，呛得他咳起来，火柴棒掉到雪地上，灭了。

一阵绝望涌上心头，硫黄河的"智叟"说得没错。他拼命驱赶着升腾起来的绝望情绪，他还是想到了"智叟"的忠告：-50℃以下，必须两人以上才能出行。他拍打双手，但没有产生任何感受，突然，他用牙齿咬掉手套，露出双手，用手掌后侧夹起整束火柴，胳膊肌肉没有冻僵，使他能够用手掌夹紧火柴。他用整束火柴在腿上划火。七十多支火柴棒同时燃起，闪出耀眼的火苗，什么风也吹不灭它。他把头偏向一边，躲开火柴呛人的硫黄味，然后夹着燃烧的火柴束去点燃桦树皮。当他这样夹着火柴束的时候，他突然感到手上有了知觉，原来是他手上的肉烧着了，他闻到了烧焦的气味，而且表皮以下的深层部位也开始有了感觉，这种感觉最后发展成一种疼痛，而且这痛感变得越来越强烈。他忍受着被烧伤的剧痛，笨拙地夹着燃烧的火柴凑近桦树皮，却怎么也点不着它，因为他烧着的双手太碍事，大部分火苗已经在他手掌内燃烧开了。

　　终于，他受不了了，双手痉挛地弹开了，燃烧的火柴掉在雪地上吱吱地响着，好在树皮已经点着了。他往火苗上放干草和细小的树枝，他已经没办法挑拣那些柴火比较好燃了，因为他只能靠手掌根儿把它们举起来。树枝中夹带着很多烂木和青苔，只要能做得到，他都用牙齿把它们挑出去。

　　他呵护着这团火苗，小心又笨拙，他觉得此刻这团火苗就是生命，所以它不能熄灭。热血从他的身体表面收缩，奇寒令他打起浑身抖作一团，他添柴的动作更加不受控制，一大块青苔把小小的篝火砸个正着。他原本想用手指把它拨开，可他的身体抖得太厉害，一下子拨得太重，就把小火堆给打散了，燃烧着的干草和小树枝儿也散开了，他竭力想要把它们再拢到一起，可不管他是如何地全神贯注，抖动的身体已经无法完成这个动作，小树枝儿如同一片绝望的叶子，无助地散落开来。每一段小树枝儿都腾起一缕青烟，最后灭了。

　　生火的男子，最终失败了。他眼神涣散，四下望去，目光最后碰在那条狗身上。此时，那条狗正坐在他对面的雪地里，中间隔着灭了的小火堆残迹，它显然很是不安，弓着身子前后摇晃着，两只前爪交换着稍稍抬起，流露出一种期待的神情。

　　看见了狗，他脑子里突然蹿起一个疯狂的念头。他想起一件事：一个男人被暴风雪困住了，他便宰杀了一头小牛，然后钻进牛尸内，侥幸活了下来。他不禁想到，如果宰了这条狗，把手埋进它暖和的体内就可以恢复知觉了。如此他就有机会再生起一堆火。

　　于是，他开始唤狗，叫它过来。只是他的声音里有一种异样的东西让狗感到畏缩，它以前从未听到他这样唤它。它想主人这么做总是有缘故的，它本能地感到了危险——它并不知道是什么样的危险，但它对主人已经心存疑惧了。它放平双耳听着主人的呼唤，然后弓起身，来回挪动着它的前爪，表露出一副极度不安的样子，是的，它很不情愿去到主人身边。男子见狗没有反应，于是趴下来，用双手和双膝向狗爬去。这一反常的举动更是引起了狗的疑心，它迅速地侧身小跑着避开。

　　男子失望了，在雪地上坐了一会儿，他想努力让自己起伏的心潮平静下来。之后，他用牙齿戴上手套，站了起来。首先，他向下看了一眼，这么做是为了确认自己是真的站起来了——他的脚没有感觉了，他已经感受不到和地面的接触。他这么一站，狗的疑心立刻就没了。他又开始恐吓它，嘴里模仿着鞭打声，狗又恢复了原有的忠心，向他慢慢走来。狗离他近了，他觉得时机到了，于是猛地向狗伸出胳膊，却发现双手已经无法抓捏，手指既不能弯曲也没有感觉。

就在这一瞬间，他从心底爆发出一种最强烈的惊奇。那一刻，他已经忘记了自己的手已经冻坏了，而且冻伤正在深入。这一切只发生在这一眨眼的工夫，狗还没来得及跑开，他便用双臂圈住了狗的身体，他就这样抱着狗，坐在雪地上，而狗呢，则不停地狂嗥，哀号，挣扎。

他用尽了全部的努力，也只能这样——用胳膊抱住狗坐在那儿，他清楚他已经没有能力杀死这狗了。是的，他没有任何办法杀死它，他不能靠这两只不听使唤的手抽出刀或握住刀，当然，他更无法掐死它，这一点，他心里很清楚。狗从他的臂弯里拼命挣脱开，狂吠着，夹着尾巴，一直跑出四十英尺的地方才站住，它的耳朵直冲着前方耸立，用一种探究的意味观察着它的主人。

死亡的阴影越来越浓，它沉重地从四面八方向他爬来。他开始明白了，现在早已不再是冻掉几个手指和脚趾的问题了，甚至不是冻掉双手和双脚的问题，而是已到了生死攸关的关头，一种深深的恐惧猛烈地从他的心头喷发出来。他整个人陷入了一种前所未有的惊慌之中。

深深的惊惧让他顾不了太多，他转身向河床的方向奔跑去，沿着原先那条暗色的小路一直跑下去，狗也紧跟着他追上来。他双目茫然，不停地奔跑着，那种深度的恐惧从未有过。当他慢下来，在雪中踉跄前行时，景物才在他的眼前重新现出模样——两岸的河堤，陈年的木材堆，光秃秃的白杨树，还有灰灰的天空。刚才的那一阵狂奔令他感觉放松了不少。他已经不发抖了。他想着如果继续跑下去，或许脚也会恢复过来。并且，如果跑得足够长的话，他甚至还能回到营地见到小伙子们。当然，如果继续跑下去冻掉几个手指和脚趾是肯定的了，甚至还会冻伤一部分脸，可是这有什么关系呢，当他跑回营地时，他的伙伴们一定会照料他并拯救他的。想到这里，他似乎看到了希望，不过同时，他的脑海里还有另一个念头沉浮着，这个念头对他说，他肯定回不到营地和伙伴们的身边了。长路漫漫，他身上的冻伤太重了，他会很快冻僵，然后死掉。他极力想把这个念头从脑海中驱除，不去理它。可这念头很固执，不停地又从他的脑海浮出来，并强迫他听它说，他又把它抛出脑海，如此反复。

他的双脚冻得太严重了，以致当它们踏在地上，支撑着身体的重量时，他一点儿也感觉不到它们的存在，更让他感到惊异的是，他居然还能用这样一双脚奔跑，他感到自己是贴地在飘，飘浮在天地间。他记得他曾在哪儿看到过长着翅膀的墨丘利神，他想弄明白他飞行时是否和自己的感觉一样。

　　他打算就这样一直跑回营地，与伙伴们会师，但这计划明显是不可能的，他没有这样的持久力。有好几次他跌跌撞撞几乎跌倒，他的脚步凌乱，最终累得栽倒在雪中。他想站起身，却站不起来。他知道必须坐下来休息，而且等到再次出发时，他也只能走着前进了。当他坐在地上缓过气来时，感到身体已经暖和了许多，而且不再战栗了，甚至好像有一团暖烘烘的热气在他的身体中流窜，可当他触摸鼻子和脸颊时，还是毫无感觉。跑步也不能让鼻子和脸恢复感觉了，手脚也一样，他想到一定是冻伤的面积正在身体上扩大，所以，他的身体各个部位才丧失了知觉。他努力不去想这些东西，只希望忘掉它去想点儿别的事情，他当然知道这会引起自己的惊恐，显然，这种感受让他害怕极了。可这念头总是一遍又一遍地从脑海里浮现出来，挥之不去。这念头在他眼前描出一个十分惨烈的场景：他仰面死在雪地中，身体冷硬如石头。他不敢再想下去，只能沿着小路拼命狂奔。一度，他曾放弃奔跑放慢速度改为行走，但一想到冻伤正在蔓延，又不得不飞奔起来。

　　那条狗一直尾随着他，紧紧跟在他脚后跑着。当他再次摔倒在地上时，狗面对着他蹲下来，毛茸茸的大尾巴弯到前面，盖住前爪，好奇地看着主人。狗的温暖与安适激怒了他。他咒骂起它来，直到狗不再感到好奇，把两只耳朵平放下来为止。

这一次，抖动马上又控制了他。与奇寒的拼搏，他已注定败下阵来。奇寒从身体的各路向内部长驱直入，意识到这一点，他又爬起来向前跑，跑了也就一百米左右，他便站立不稳，一头栽倒在地上。这是他最后一次感到惊恐了。他喘着气，镇静地坐起身，脑子里跳出一句话：面对死亡，要有尊严。当然，他的这句话并不是凭空而来，而是源自他想到的一个比喻，他觉得自己刚才那副尊容一定蠢透了，就像一只被砍掉了头的鸡在四处乱窜。是呀，不管怎样，冻死已经是一件事实了，既然不能改变，那还不如坦然地面对它。

这样想着，他便进入了一片澄明之境，他初次感到一股浓浓的睡意，他想，就这样死去也不错，在梦中告别人世，就像服了一剂鸦片一样，并没有什么痛苦的感觉。冻死并不像想象中那么可怕，还有很多死法比这要痛苦得多了。他想象着伙计们第二天看到他尸体的情景。他感到自己正混在他的那些伙伴中间，一路过来寻找他自己。他和他的伙伴们一起顺路转弯，然后发现自己正趴在雪地里。当然他已经不是他自己了，在那一刻他超脱了肉身，和伙计们站在一起，瞧着雪地里自己的尸体。天真的太冷了，他想。当他回到美国时，可以告诉亲朋们什么是奇寒无比，他的思想飘游开了，仿佛看到了硫黄河的"智叟"，非常真切，"智叟"穿得暖暖的，一副适意闲散的模样，吧嗒吧嗒地抽着烟斗。

"你，对了，老家伙，你说对了。"他对硫黄河的"智叟"小声低语了一番。之后，他便入睡了。这一晚对他来说，仿佛是有生以来最舒服、最满意的一次休憩。那条狗就那么一直面向着他坐着，等着。短暂的白天已经过去，漫长的黄昏来临了。他还是没有一点儿要生火的意思，而且这狗也从未见过一个人就那样坐在雪地里却又不生火。暮色已渐苍茫，对篝火的渴望让这条狗再也无法沉默下去了，于是它跳起身子，交替移动着前爪，低低地哀号起来。它哀号了一会儿，耳朵耷拉了下来，似乎在等着主人责骂它。可是它的主人呢，还是一言不发地躺在那里。片刻后，狗尖声呼号起来。又过了一会儿，它悄悄走近那男子。一种死气，沉沉地从周围包抄过来，狗竖起毛，有些惊慌地连连后退。之后，它又逗留了一会儿，在一颗一颗泛着寒气的星辰下面悲伤地嗥叫起来。

星河灿烂，熠熠生辉。狗掉转过头，向着原来营地的方向，顺着小径，一路急奔而去。远方，会有人给它吃的，还会有一堆温暖的篝火让它取暖。